三秋随想

三秋 著

中国铁道出版社有限公司
CHINA RAILWAY PUBLISHING HOUSE CO., LTD.

图书在版编目（CIP）数据

三秋随想 / 三秋著. -- 北京：中国铁道出版社有限公司、2025. 1. -- ISBN 978-7-113-31940-3

Ⅰ. I267

中国国家版本馆 CIP 数据核字第 2024LN2854 号

书　　名：三秋随想
　　　　　SAN QIU SUIXIANG
作　　者：三　秋

责任编辑：王伟彤　　　　　　　　编辑部电话：（010）51873345
封面设计：刘　莎
责任校对：苗　丹
责任印制：赵星辰

出版发行：中国铁道出版社有限公司（100054，北京市西城区右安门西街 8 号）
网　　址：https://www.tdpress.com
印　　刷：天津嘉恒印务有限公司
版　　次：2025 年 1 月第 1 版　2025 年 1 月第 1 次印刷
开　　本：880 mm×1 230 mm　1/32　印张：8.25　字数：132 千
书　　号：ISBN 978-7-113-31940-3
定　　价：58.00 元

序言

　　我与周云本来应该熟悉的，虽然他学的是铁路航空勘测专业，我学的是铁路水文与工程地质专业，但我们同届、同校、同系，且同住在西南交通大学（峨眉）学生宿舍一号大板楼的五层。除专业课外，基础课也大都在一起上。然而，大学四年，我们彼此并无来往，更谈不上熟悉。毕业后我分配到北京铁道建筑研究设计院（现中铁五院）工作，他分配到武汉铁道部第四勘察设计院（现中铁四院）工作，即使后来两个单位同属于中国铁道建筑总公司，如果不是一次偶然机会的相遇，我们不仅曾形同陌路于学校，也可能一辈子彼此难有交集。

　　2013 年 5 月，我出差湖北武汉，某晚与在汉的交大同学聚会，一番介绍，我知道座中的他叫周云，在中铁四院航空勘察处担任副处长。因为我在铁五院地质路基研究院任院长，而大院测绘生产管理工作正好放在地质路基研究院，两个专业彼时同系如今仍做着邻居，如此密切的关系，却因测绘生产经常出现进度与质量上的问题很是让我头疼。听完五院测绘工作的过去、现状，他笑着对我说："我去帮你管理测绘工作吧！"

一个简单的聚会，地质、测绘一相逢，便撞出了灿烂的火花。

2013年12月，周云入职铁五院地质路基研究院主管测量工作。

当然，到铁五院工作，周云是有个人考虑的：女儿大学毕业正工作于北京，一家人团圆自然美好。但离开铁四院来到铁五院，还是需要一定勇气的。毕竟中铁四院的声誉、效益伴随着中国高速铁路快速发展早已如日中天，而中铁五院刚由科研院所转型铁路综合勘察设计单位，思变时间既晚，成长更要时间。

2014年，铁五院成立了测绘中心；2017年，铁五院成立了测绘与地理信息研究处；2019年，铁五院成立测绘与地理信息研究院。时序递嬗，单位名称更替，实证铁五院测绘工作业已走上正轨并成绩显著。

测绘工作焕然一新，依此说周云为铁五院测绘工作的发展作出了重要贡献并非溢美之言。成事不容易！究其原因，我觉得除了他有积数十年铁路测绘工作经验而成竹在胸外，他所拥有的"做人诚实、做事踏实"优良品德是他能做事、能成事的主要原因。而这正是铁五院由基础薄弱到实力强大实现凤凰涅槃所必须有的内在动力源泉。

2023 年 9 月，周云到我办公室，进门后递给我一本书。我不知就里，浏览方知我手里《三秋印象》一书的作者"三秋"竟是站在我眼前的周云。

"咦！老周！你可以呀！"我很惊喜。

"一笑而已！"他显得很平静。

作为生产单位的基层管理者，如我者不是整天关注生产进度，就是到处奔波拼经营额度，哪里还有时间奋笔疾书！而周云却在搞好本职工作的同时出版十几万字的文学作品，不由让人真心佩服。

"咦，老周！你可以呀！"我继续啧啧！

"若还有书，我还来送你！"

果不其然，2024 年 10 月，他来到我的办公室，直言要我为他的新书《三秋随想》写一篇序文。

我说："我写不了。让我为文学作品而非科技论文属文写序，有别别扭扭的感觉。"

他则说："老同学写最合适！我劳心费神写文章、出版书籍，不为别的，仅仅依此怀念过往、感谢过往。我到五院，十年不长也不短，酸甜苦辣更少人知晓！老同学作序发言，正是给了我十年人生一份简单证词！"

我还能说什么呢？自感重任在肩，我开始走进周云思维的空间搜寻、捡拾他别样的人生，便发现《三秋随想》里的文章，像是悠悠飞在夜空的几十盏孔明灯，满载着"真诚"飞在天空，越飞越高、越飞越远！

真诚乃人间最难能可贵的品质！

祝愿周云有更多的新作品问世！

2024 年 10 月 20 日

目录

第一辑 · 浮生掠影

鸟与玻璃

下榻宾馆，抽空室外闲逛。

馆舍建筑现代，景观赏心悦目。如此美妙地方，让我心情愉悦、脚步轻快。

任意东西，不知远近，返回已有疲倦之态。然而，人虽困心却不舍，疲惫的身子不由自主地朝宾馆大门左边一处开放空间而去。

此屋很特别，正面洞开无门，右边与宾馆大厅共墙，另外两边则是干净明亮、巨幕样垂下的 L 形玻璃墙体。屋子里有乒乓球台、跑步机、举重器械等体育器材，顺墙还摆放着供人休息的 U 形条凳，便知此地乃供客人休闲的地方。

立足静思，觉设计者匠心独运：玻璃墙体宽大、厚实、透亮，远观或者稍不注意，它们与正面"真实无物"无异。如此贴近自然又独特的设计，忙碌的人来此锻炼、休息，心情自然愉悦、满足。如果随便一点，效果定然差得很远。

　　在我刚进来的时候，这里自然阒静无声，只有满屋亮堂让我感觉特别。当我欣欣然享受眼前新奇的时候，明亮的玻璃墙却突然出现了一只鸟不断扑打的身影。定睛之，它不是墙外馈赠给我的翠鸟飞翔身影，而是一只连续发出撞击声响、困在屋里、挣扎着想出去的鸟的身影。

　　真是一只笨鸟！沿着来时路往回飞，不就一切天随鸟愿吗？

　　我决定帮助它。我轻易地抓住了它，小家伙热乎乎的，竟没有丝毫的挣扎，尽管有少许的惊恐，但没有对我实施恐惧后的攻击，只用那黑豆似的眼睛看着我。此时此刻，生命如此和谐。

　　我小心地将鸟抛向空中，没承想刚才还孱弱无力的鸟儿，竟没有显出半点负重下坠的无力，画着出弧线飞走了！

　　把一只有气无力、濒临绝望的鸟置身它熟悉的自由天空，生命的活力让我感动不已！

红 豆

与同学公园散步。

红豆树！我突然惊呼。

哪里哟？同学疑惑。

你看树上标牌！我手指一棵大树。

同学定睛之，旋即回头狐疑地望着我！

见我泰然，乃望向身旁拾掇园子的大爷求证。大爷正色曰：红豆嘛，秋天结硬邦邦的红果子，果实不多，珍贵得很哟，做珠串串的！

这是红豆树？同学沮丧地望着我。

这就是红豆树！我可怜地望着同学。

我知道直面高大、粗壮的红豆树，人多少都会因疑惑而遗憾！起因全是唐朝诗人王维那首著名《相思》曲的温柔：红豆生南国，春来发几枝。愿君多采撷，此物最相思。

但凡读过这首诗的，都曾在似淡却浓的相思时想到红豆树并动采撷、遥寄的心思！唯如此，苦涩的泪水才会止住，相思之苦才能化为人间特别的享受！

"诗佛"的相思涟漪如此温柔，现实中红豆树何以偏要与高大威猛的乔木扯上关系？

我曾为红豆树生长南国而自豪。然而，我的南方老家如我太过平常，读王维诗前不知道红豆树；读王维诗后没见过红豆树。是故自觉所谓相思无非要么是张九龄心目中多情少女"情人怨遥夜，竟夕起相思，灭烛怜光满，披衣觉露滋，不堪盈手赠，还寝梦佳期"的婉约；要么是温庭筠笔下少妇"梳洗罢，独倚望江楼，过尽千帆皆不是，斜晖脉脉水悠悠，肠断白蘋洲"的幽怨！有如此先入之见，当红豆树近乎粗犷地立在我面前的时候，我亦曾无语乃至心中隐隐作痛！

是的，承载人间如此温馨、美好、纯洁情愫的红豆树，无论如何只应是青春靓丽、婉约柔弱美人的模样呀！

王维不曾疑惑？

但我们得到了坚决的回答：这就是红豆树，树上所结红果乃王维所言相思子！

很久以前，一个女子因为思念远方亲人，红豆树下泪如泉涌、不能自已！那是思恋之苦也是幸福之泪！红豆树感其精诚，乃赠红豆于女子，言红豆能抚慰相思之人：动相思，采摘红豆；相思苦，采摘红豆；享受相思，采摘红豆！

自此以后，无论长相思还是短别离，相思、红豆便开始形影不离，让人间情呜咽哭泣、甜蜜欢笑至于今！

人言男人感情上表现"鲁钝"，也不全是男人的错，但男人懂事晚、用情迟钝似乎是不争的事实。人有"三十而立，六十而耳顺"的说法。据说红豆树一般也要长到三十年左右才开花结籽，六十年左右才算进入树之壮年。如此串联思考，以高大威猛的红豆树撑起人类柔柔的相思轻纱多少有那么点道理：对人间少年郎懵懂的叹息，对人间大丈夫知情、惜情的赞赏！

人间相思，多为男人肇端引得女人哭着、笑着！唯愿天下男人怜惜女人，唯愿天下相思之人早日团团圆圆，唯愿相思成为人间美好享受而非涩涩的酸楚！

公园出处，同学似乎仍存莫名不快，临别乃神神秘秘对我说：其实很怪的，同事说他们家乡有棵红豆树，人们摘取红豆籽做串售卖，每年都能养活好多人！但是，凡红豆树结籽小年，定是风调雨顺好光景；而红豆结籽满树大年，家乡都要遭遇各种莫名的问题！

呵呵！有这等事？我很惊讶。

都是真事！同学信誓旦旦。

啥问题呢？我诧异地问。

那就不知道了！同学甩下一句话不再理我。

自从觐面红豆树，同学似乎开始较劲，更毅然决然有了这样愤恨难平的心思：红豆美其名曰相思子，其实盛名难副！

哈哈！王维闯的祸还真不小！

红豆树结籽大年，红豆籽多，手串多，买家相对必显寥寥，意味红豆手串价廉而人收入减少，恰似同学所言！抑或红豆手串剧增，买家更争先恐后购置，意谓"人间遍布相思人"，饱尝相思之苦。

道理，同学应该是懂的，只是不愿意弄清楚而装不懂罢了！

其实，由"诗佛"引发、由红豆招惹的人间哀怨，自出现的那一刻起，便难舍难分、爱恨交加已成人间常态。正像人间爱情，多少人曾为此伤心落泪，可曾影响天下青春男女之忘情？

舍　得

某年某月，我的家乡突然遭遇了一次严重的倒春寒，不仅脆骨的冷风一个劲地吹了好几天，还下了罕见的大雪与冻雨。

天寒地冻，梧桐、朴树、水杉以及珍贵的银杏树，早在去年的冬天都已脱下衣服表示了屈服，而春天偶得的枝丫积雪、冻雨结冰倒为它们增添了一丝生气，好像第二天就要春暖花开、枝繁叶茂似的。

樟树是南方城市人喜爱的行道树、景观树，不仅因为樟树拥有能提炼樟脑油、驱虫等的独特本领，而且樟树易成活、树冠阔大、树干粗壮，一年四季翠绿，在冬季给了城市生机勃勃的景象。

但是，当罕见大雪、冻雨特别降临的时候，樟树因为自己巨大的树冠、茂密的枝叶，便给了雪花、冻雨集聚的机会，因为难以承受雪与冻雨的负担，而腰弯背弓、残枝倒挂。

　　垂柳是南方知名的嘉树。江南多水，垂柳天然喜水，垂柳与水便彼此成就。

　　春风又绿江南岸，最先报春又最有诗情画意的正是柳树的婀娜多姿，当无数垂下的丝绦站满无数小燕子样的绿叶后，春风中摇曳，正是江南的温柔。

　　人间四月春光好，春雨滋养翠柳，垂柳身姿秀美，像待出阁的少女美到极致。

　　盛夏七月，熏风如织，酷暑炎炎，昔日垂柳春天里的碧翠，早已褪去了初生的羞涩，换上了夏日深绿的外衣，每一片叶子都承载着时光流转的痕迹。阳光透过叶片洒下斑驳的光影，给这炎热的夏天增添了几分宁静与诗意。

　　秋天，即便是河畔那柔婉的垂柳，其叶儿亦不约而同地披上了金黄色的外衣。秋风和着翻飞的黄叶翩翩起舞，你挤我拥层层叠加于静谧的地面上。厚厚的一层，静静地等待化为腐朽的神奇蜕变。即使还有少许黄中带绿的叶子依依不舍地挂于柔枝上，当第一阵北风驾到，它们也会毫不犹豫地飘然而下。

　　树木作为自然界中不可或缺的一部分，应时而舍得，以一种独特的方式与四季的变化相协调。这样周而复始的过程不仅体现了大自然的韵律之美，也展示了生命顽强不息的精神面貌。

竹子花开

从我记事起，我家老屋的北面就有一片竹林。

谈起竹子，给我印象最深的自然是我家的竹林子，大人叫它桂竹子。桂竹子有的长得很高很粗，有的长得不高不粗，高低错落，疏密肆意。因为此，竹林里虽长的大多是竹子，也自然会有一些其他杂木甚至果树。我家幺姑屋后的竹林，大人叫它水竹子。水竹不似桂竹随意，粗细、高矮均商量好似的大致相同，虽亦散长但密度很大，竹林里很难看到其他植物的身影。

其实对幺姑家水竹子的熟悉是有原因的，每次到幺姑家，我都有被人格外怜爱的待遇，例如总能吃到很长时间吃不上的蒸腊肉、炒鸡蛋等好吃的东西；逢年过节，走亲戚到幺姑家还能得到让自己激动好几天的一角、两角、五角打发钱的奖赏。是故到幺姑家是我特别惦记的日子，甚至因为过于惦记，我没少招大人呵斥。

吃罢幺姑家的好饭好菜，拿到自己心仪的奖赏，剩下的就是自个儿找乐子了。农村自然没有什么好玩的东西，于是我总会趁大人坐在一起唠家常或者干农活的当儿，便钻进幺姑家屋后的水竹林子自个儿找玩。

水竹林安静、深邃、密实，我像个"怪物"在竹林里面穿来穿去，像找寻什么，其实只是漫无目标地瞎逛；或驻足一处，体验风儿在竹子间如丝般滑过；或轻手轻脚细听竹林某处小鸟悠扬的歌声。一切都是毫无目的、自然而然的随性，却是那个时代农村孩子与自然融合无间的应有样子。

我一直认为水竹子是好看而珍贵的竹种。好看，站在竹林外，水竹林一年四季绿泱泱的，厚实、整齐，像一块不规则的绿宝石镶嵌在幺姑屋后，让人怜爱不已。蹲在竹林中，水竹竿细长整整齐齐，光溜干干净净，根根高挑，个个标致，像人间女子匀称、纤细腰身的竞赛！珍贵，水竹子竹节顾长，节疤细腻，不负"竹中女子"的标致，是制作竹制品的上等材料。因为此，便时常见姑爹、表哥腿上放一块便利劈篾的光滑厚实橡胶皮或者特制粗布护垫，坐在家门口做篾活。起先，他们身边放着几根从竹林里新砍被收拾得光溜的竹子，而后竹子被一一剖开，劈成大小竹条，再剥成青幽幽薄如蝉翼的篾片或者纤细如丝的篾筋，一根根码在一旁；然后不厌其烦地用已劈就的篾片、篾筋开始编制各式各样竹篮、斗笠、筛子、凉席等精细竹制品。因为有专门地方、人员收购这些竹制品，做篾活是那个时候我发现的农村一项难得能赚活钱的手艺。

如果说水竹子是"竹中女子"，桂竹子就是"竹中男子"。

桂竹子虽长得粗壮、高大，但竹节相对不长，节疤尤其粗厚且向外特别地鼓着，没有看相自然不是制作精美竹器的材料。但是，桂竹子既为"竹中男子"，凭借自己彰显力量的粗壮身姿，每年都有人特别地四处收购、免费讨要以充当人间不可或缺的撑船竹篙、晾衣竹竿、农具柄把、房屋棚架等；或依靠自己富有张力的特性，隔三岔五年份，家里都会专门请来篾匠师傅，或者备齐工具自己动手砍伐，劈篾以编制粗糙却耐用的竹背篓、竹篮子、粪筐、竹椅子甚至竹桌子。它们无疑是农村家庭正常运转，便宜、便利不能缺少的材料。除此以外，竹子还是睦邻乡亲的特别媒介，例如隔壁乡邻甚至远在河地家有水竹子的幺姑都会经常到我家讨要桂竹子回去做竹篙、晾衣架什么的。而每当这时候，我都会迅速地操刀钻进桂竹林，挑最好、最合适的竹子手起刀落，呼啸着拖出带枝的竹子，在开阔处斫去竹枝后高兴地送给人家，并在人家的感谢声中享受给予的小小幸福。

老屋的西面有一口近乎方形的堰塘，东面是稍高的冈阜，南边是更高的山丘。桂竹林在房子的北边。竹子当然不会长在水中的，但以竹子根茎的渗透力，我很奇怪桂竹子的根茎一直没有穿越进出老屋的小路蜿蜒到东边的山冈上，更不用说南山见竹！所以，移步见竹的浪漫曾是我童年的美丽梦想却一直没有实现！

竹林四季，时移事异。

第一波春雨过后，蛰伏一冬的竹笋争先恐后破土而出，像竹林里昨夜埋伏着的千军万马，瞬间竖起无数威武的朝天大戟！雨后春笋最是农民心中的希望！这个时候，不仅要防着牛、猪啃食，而且最恨孩子无知的破坏。"折断一根笋，烂掉一窝竹"，是老人经常耳提面命的格言。每到这个时候，我铭记大人教诲像老牛护犊子样护着春笋，直到它长高，竹箨脱落，英姿飒爽成为一根真正的竹子。因为此我常常疑惑：那时大家都穷，现成的山珍为什么就没人挖掘新鲜的竹笋填肚子呢？或者农家对竹笋的爱惜，难道就是故意与东坡先生"顿顿笋炒肉"的浪漫区分吗？

最是夏天溽热，竹林像巨大的蒸笼让所有生灵望而生畏。因为热，常常在腐烂竹叶中扒拉虫子吃的鸡子离开了竹林；因为热，讨厌的斑蚊个个张着口器、躲藏在竹叶下消暑，当然此时此刻若有生物进入竹林，它们立即出击毫不含糊；知了也在竹林的，但中午从来听不到它们的歌声，清凉的早晚它们吊嗓子的劲头那叫一个争先恐后。

秋叶渐黄，唯竹林如春叶般绿着。起先，秋风如春风丝滑软绵，安静舒适；渐渐风就大了，甚至于如无形的毯子从竹林上空一次次粗暴地掠过。竹林便怒涛般发出阵阵吼声，看似无奈的哀号，更似高亢、嘹亮的战歌。

冬天北风呼啸、天寒地冻，昨夜还扭着身子风中翩跹的竹子，眨眼背负厚厚的积雪东倒西歪。突然，一声脆响在竹林腾起，一根高傲的竹子便被拦腰折断或者躯体崩裂，厚重的白雪瞬间委地像生命消逝前的解脱；又忽地，一棵耷拉脑袋的竹子猛地抛却雪裳，扬起雪花，鲤鱼打挺般站直身子，如拔剑四顾战士的威武雄壮！

因为怕听到竹子咔嚓折断的声音，时常奋勇冲进竹林的我，像是突然长高的巨人在低矮的竹林逐根摇晃弯腰的竹子为其除雪减负；很快，很多的竹子直起了腰杆，当我慢慢变矮、变成雪人，最终消失不见的时候，儿童的吼声、积雪落地的啪啪混响，仿佛人与竹子共同奏响的缠绵歌声所交织而成的合唱！

　　当然冬天并不专门为难孩子，如果碰上下雨或者雨夹雪的天气，老天一个晚上的刻意劳作，第二天早上，所有的竹子便如冰晶裹住的翡翠，明晃晃刺眼，光溜溜可爱。剥下竹竿上的冰凌当兵器玩耍；揭下竹叶上的花式冰块放进嘴里消融，苦涩的幸福是那么纯真！

　　竹林世界，我最熟悉。

　　上学、出门，离我最近、与我最亲密的当然是竹林里的桂竹子。例如，走在路上，若有异物刮了脸颊，那一定是伸在路边竹枝的功劳。如若有人远远地听到，甚至在教室里，发出奇怪、尖锐的声音，多半是为自娱乐的我摘取一枚竹叶放进嘴里的吹技把戏。倘若夏天早上，大小知了趴在竹子上不厌其烦地絮叨，寻声捕捉，明明"快狠稳"，多半会扑空。竹子弯腰了，知了早飞了，像在嘲笑志在必得的顽童。走过竹林，都能特别地听到无数的麻雀在竹林里叽叽喳喳。明明知道不止一只斑鸠在竹林里咕咕，有时甚至弄出很大的声响，就是看不见它们的身影，顺手扔进一块石头，竹林瞬间静谧却无鸟耄然飞逝的快乐景致。如若忍不住冲进竹林，瞄准一根又高又粗的竹子发泄般摇晃，便有无数麻雀拖着影子离去，更有斑鸠失魂样飞出。说不准还会碰到一只锦鸡拖着长尾狼狈奔出，接着又见一只肥壮的锦鸡伴儿扇着翅膀顺着锦鸡的方向石头样砸向南山。也只是一会儿的安静，当人离开远去，竹林又很快喧嚣如故！鸟不会离开竹林，竹林是它们享受属于它们自由生活的天堂，些许小孩子的动作只是人与鸟之间不能缺少的彼此乐趣而已。

听大人们说，早年间的南方农村从不少蛇，老家春、夏两季常见的蛇更不会缺席于竹林的舞台。据说，竹林的旁边既是水塘，便有秧田常见的水蛇栖息近塘的竹林边，又有比水蛇大得多的乌梢蛇在竹林里游荡。大人说水蛇在等倒霉的青蛙，乌梢蛇在搜寻竹林里的老鼠。大人说水蛇与乌梢蛇的头都是圆的，是无毒蛇。既然无毒，当大人们还是小孩子的时候，他们会特别地在竹林里搜寻它们，手里定然是要拿着一根特别结实的竹篙子的，敲敲打打地前行，有时便会突然发现一条水蛇逃进水中昂着头溜远了，或者一条壮硕的乌梢蛇摇着有力的肌肉从前面快速地遁去。找蛇及对竹林中蛇的描述，是那时男孩故意讲给胆小女孩的炫耀故事。但竹林毕竟是竹林，也有让小孩子色荏内荏的狠角。老家农村大人们说是有毒蛇的。竹林里偶尔能遇上跟土的颜色相近的一种毒蛇，大人叫它"土蒙子"。"土蒙子"蛇长着三角脑袋，身体短粗，土灰颜色，总是懒散地盘在那里，横竖一副让人害怕的模样。"土蒙子"蛇的厉害处亦足够吓人。说是某农人清早出门，迷迷糊糊一脚踩上不知什么时候盘在自家鞋里的"土蒙子"蛇。"土蒙子"蛇最后当然被农人打死了，但农人的脚也难逃土蒙子蛇的毒牙。其毒性不致命，但人几天不能动弹，腿也肿胀好些天。在此我也提醒大家，竹林可不要随便进入，现在也是。

早时候的竹林是野生动物的乐园，却是牲畜如牛的禁地和家禽如小鸡仔的"生命雷区"。一年四季的翠绿，给了冬天渴望绿色食物的牛最大诱惑，为了竹子特别是春天春笋的安全，牛是禁止踏入竹林的。但牛不傻，从不放过任何可能的机会，但凡经过竹林，死活都会趁机伸出舌头卷一缕香甜的竹叶入口，大人说竹叶甜味，是牛喜欢的美食。满眼的竹叶与牛时常的口福很是让时常处于饥饿状态的我喉咙发痒。

春天里，一群小鸡仔由鸡妈妈带着，快乐地翻寻竹林腐叶下面的虫子。这样的场合，却可能遭到捕鸡高手黄鼠狼的袭击！任何时候，只要竹林里传出鸡妈妈急促的扑棱声，十有八九是黄鼠狼在祸害鸡仔。人总是迟到一步，因为稍有动静，黄鼠狼便溜之大吉，仅给人留下一抹竹叶和黄鼠狼黄色迷蒙的逃逸身影。只剩老母鸡昂着头紧张搜寻敌人，四散的鸡仔惊慌失措！没记性的鸡妈妈第二天照样带着小鸡仔到竹林里寻找美食，人不胜其烦便习以为常，最后也只是站在原地大吼几声吓唬了事！其结果是，一窝出壳二三十只的小鸡仔，能长大的只有十几只甚至更少，像是自然平衡的规律性规定！

除却以上孩子、动物与竹林的自然随性的和谐，竹林、竹子定然还有一些特别的儿时故事。

村里安装广播喇叭是 20 世纪 70 年代初的事情。好几天，只见陌生的人在村里栽树样立起黑乎乎的木头杆子，杆顶固定同样黢黑的木头横杆，又将老远地方拉扯过来绳子样的铁丝缠在横杆瓷轱辘上面，如此这般的栽杆子、绕铁丝一直延伸到村里最高山的最高处，那里便立着一根最粗最高的杆子，杆子上面不仅扯有铁丝，还固定好两个开口铁葫芦。孩子们不知道它们是什么、干什么用的，叽叽咕咕议论几天后的结果，知道眼前的存在是大人、小孩从来没听说过的广播喇叭、电线、电杆。而且说广播喇叭能说话、唱歌，声音比最厉害的男人洪亮、比最高的女声尖细。没过几天，广播喇叭果真人样唱起了《东方红》《国际歌》，男人、女人交替说话，甚至大队书记通知开会的土话也弄进了广播，声音如钟声传出老远，方圆几公里都能听见。

真是新鲜事！但小时候的我是不明白这些新鲜事的，我的小伙伴们也是不知道的。于是惊奇、迷茫、无聊之余，我们几个男孩子便动起自以为是的聪明，四处奔走弄回并不难弄的新鲜结实的藤子，然后将藤子连接起来，开始了在我家竹林里的一整天忙碌：竹竿做电杆，藤子做电线，砖头做喇叭。我们决心通过自己的努力把村里大人折腾的广播喇叭复制在竹林里：不就是电线杆、电线、喇叭吗？我们这里全有！工程完成，我们都很激动，穿梭着对吊着的大小砖头喊话：喂，喂，你听得见吗？听得见吗？声音虽传不远但个个拼出了吃奶的力气！当然，我们以为竹林里的努力会有村里广播喇叭对话、唱歌、传话的本事，显然什么也没发生。但我们仍依依不舍或者百思不得其解地在竹林里玩耍了好几天，激动了好几天，直到大人奇怪之而干预，我们才四散开去！聪明的大人没有明白我们的心思，我们也没搞懂大人的广播为什么能说话、唱歌，我们的广播为什么就不能说话、唱歌！

父亲是嫁接果树的高手，我家周围不少的梨子树、杏子树、李子树、桃子树，定然是父亲送给我们的珍贵礼物。

桂竹林里便有一棵长得又高又粗的桃树，结的桃子大人说叫五月桃，每年六、七月便能吃上个大血红的桃子。竹林那么大，桃树那么高，应该不是随便的存在。因为周边其他人家少有这些水果的美味享受，因此，千万别小瞧它们的存在。因为它们的存在，不仅让我的童年能定时享受口福，还能迎来四周乡亲时常借故笑脸过来，明明白白吃一口免费新鲜的果实。当然也因此会引来白天黑夜的"紧张忙碌"，尤其那些如我大小、实在忍不住口水肆意流淌时的小男孩的觊觎与行动！

那时候人有桃子吃是多么幸福的事啊！

某一天的中午，天正下着南方五、六月间的豪雨。我们一家人被强迫赋闲屋子里，但家里的狗子则在门外雨中不停地叫唤。这么大的雨，谁会来串门？狗子吃多了，就知道无事瞎汪汪！然而，外面的雨下个不停，狗也叫个不停，我于是觉得必须出去看个究竟。

见我来，狗则望着竹林更猛烈地吼叫起来！我一下子似乎明白了什么，我浑身湿透径直朝竹林中的大桃树走去。狗果然不是无事生非，我发现竹林中、桃树下正躲着一个人，雨水从他惊慌的面颊不停地流下。我认出了他！但我没有愤怒地冲上去。我故意四处张望，好像没有发现什么而四处寻找什么，继而我回过头对身边的狗子大声吼道：叫什么，瞎叫什么！这么大的雨呢，还不赶紧走！赶紧走！受委屈的狗很不情愿地跟着我走出了竹林。当我再一次回头的时候，那个我认识的邻居家的小男孩，已然冲出竹林，满身湿透却一身轻松走在远去的路上，嘴里则不忘幸福地啃着刚刚摘得的桃子。

我会心地笑了，狗也开始围着我前后左右地撒欢。既为邻居，我与偷摘桃子的小伙伴当然会经常见面的，但不管是小时候，还是长大后，谁也不曾提过这件事，就像什么也没有发生过一样，直到童年远去，青年远去，老之已至！

对竹子的记忆，除却我熟谙的桂竹子、幺姑家水竹子，还有点印象的，当属较远山里野生的山竹与"毛竹"。因为远处街上有专门收购山竹的场所，3分钱一斤。又因为山竹长在很远少人的大山里，于是我们便常常赶早摸黑进山砍竹。

山竹粗而长，斫枝后滑滑的不好捆扎，但总在下午的某个时候，伐竹人便从山上某个空处负重百十来斤的竹子钻出来，满怀希望向山外一步一步地行走。走出两三公里后，原先厚实的希望却开始悬着晃动有点不安起来，是竹篮打水一场空，还是收获满满，就看能不能顺利把竹子卖了！

村庄自然在山的外头，听说山里的一切东西包括竹子都是这个村庄里人的所有，只要有人设卡样路边拦着，竹子没收，空手走人，不跟你讲任何道理！但是，不知是村庄里人的故意，还是老虎也有打盹的时候，还是根本就是强盗的剪径，却总有山外人背着能换钱的竹子闯关成功的。于是背竹子路过村庄，人心虽非悬得揪心却必须悬着一会儿，过去了，竹子卖了把钱高兴地存着，或在供销社买些东西回家，或在街面拐角处买一碗香喷喷阳春面过把嘴瘾。否则，径直回家，没有懊悔更无恨意，白费力气，饿顿肚子，对农村人来说不是什么大事。

家乡所谓的"毛竹"，并非后来读书后知道的井冈山上粗壮的楠竹，而是指一种长得密密麻麻、粗细似芦苇秆的灌木。我对"毛竹"的特别熟悉，一是冬天万物枯黄，唯野地无归属的"毛竹"泛着宝贵的绿色，放牛娃总是专门老远将牛赶到"毛竹"生长区满足牛的肠胃；二是"毛竹"时常充任农家必需的柴火，每到冬天农闲时候，农家都会专门抽出时间到远山砍伐柴火，柴火里除却乔木树枝、地上灌木，还时常有"毛竹"的身影。

然而，童年好玩，竹林有趣，童年最终在风中、雨中、雪中渐渐远去了，越来越远了！特别当我外出读高中继而乘国家发展春风到更远地方读书的时候，人走得远了，脑子里想的东西多了，与竹子有关的童年记忆直线衰减应该是再正常不过的事！事实却不是这样，我感觉我忘不掉特殊年代家乡的竹子给我的特别印记，哪怕再过很多年！

然而，某一次学校放假回家的时候，我惊奇地发现我记忆中的竹林、现实的竹林突然地说不见就不见了，完全地消失了。原先从北边望去隐蔽的房子竟然完全暴露在我的眼前。

父亲说你上学不久，竹子就开花了，很快枯黄而死干净了！父亲还特意告诉我农村的古话，说是只要竹子开花，竹子都得死掉。

我原来是不知道竹子会开花的。竹子怎么会开花呢？从来植物花开，一定是人间美好时刻及美好事情的开始，为什么竹子不是呢？

对于我家竹林的突然消失，而且在我远行与竹子暂时分开的时候出现如此变故，我难免感觉难受。但是很长时间后，我便开始感到欣慰。

是的，我喜上眉梢！竹子花开，寓意时间的永恒，寓意新生活的开始！不是吗？周边的大人、我儿时的伙伴，他们可曾想到那个十分脆弱的农村孩子，一个只知山村乐趣的懵懂少年也能离开农村到外面的世界体验更广泛的人间乐趣呢！

花言巧语

自由

人有自由的时候，不认得自由；没有自由的时候，自由不认得人。或者，自由像我们身边的空气，拥有自由，从来不知道它的价值，一旦失去自由，才发现它价值非凡。

星星与萤火虫

夏天有两个光的世界：一个是我们头顶的星星，灿烂、遥远、永恒；一个是幽光闪烁的萤火虫的世界，萤火虫漫山遍野如天上星星般无数，人却不能在两个夏天见到同一只萤火虫。

坚持

世上唯坚持能取得成功，道理简单，做起来却很难。为什么这样？坚持不仅是一种行为上的持续，更是一种内心深处的信念和决心。它要求我们在面对困难、挫折甚至失败时，依然能够保持初心不变、勇往直前。

花

花是自然界中唯美的意境，开花预示生命的诞生与繁荣，花与生命从不分离，世上还有比生命诞生更让我们激动的事情吗？但人类爱花远不止于此。我们爱花，不仅是因为它们的美丽和香气，更是因为它们所承载的意义。花卉也是艺术创作的重要灵感来源。花不仅丰富了我们的视觉体验，也滋养了我们的精神世界。

热闹与安静

爱热闹的人自诩很快乐，却往往是最孤独的人！爱安静的人被视为孤独，却是真正享受热闹的人。爱热闹的人往往生前一事无成，死后更是冷冷清清；爱孤僻的人，生前饱受冷清，却因为终有成事，死后热闹非凡。

人生

爱情看似神秘，其实简单而纯粹：两颗心的自由相吸与共鸣，便绘就了爱的全貌。谈及父亲、母亲，他们自愿踏入孕育之门，又无怨无悔地成为我们生命中无偿的守护者与指引者，他们的爱，深沉而无私，犹如春雨般润物无声。

文明

人类点燃了智慧的火炬，心怀对光明与秩序的无尽向往。然而，这双刃剑般的文明，在赋予我们秩序与庇护的同时，也悄然间在不同维度上束缚了我们的自由。

东湖水杉

自然界与水特别相干的花草、树木，往往都会长一副妙龄女子样的标致腰肢，因为水做了它们免费的塑形大师！

东湖是武汉市著名的市内景区，湖水、树木、建筑交相辉映，如图画烂漫，如旋律优美。而树中水杉，无论路边整齐排列的，平地、洼地散布的，房舍前后栽种的，无不铆着劲儿往上蹿，修长、匀称的树干，深得人们喜爱。

水杉是中国特有珍稀树种，目前已发现的最古老的水杉在湖北省利川市谋道镇。湖北号称千湖之省，湿地遍布，而水杉树喜阴暗潮湿的生长环境，东湖自然也成了水杉开枝散叶的好地方。

东湖很大，岸边栽有多少水杉树没人知道；东湖很美，水杉是东湖诸多树中的翘楚无人不晓。奇怪的是，湖岸及岸上稍远地方的大多数水杉，无论成片的还是落单的，依靠其强大基因，集体出落成健康、颀长的身段。唯东湖九女墩绿道边的一片水杉树却给人另类模样：树身不太高，且比例失调。

眼前景象的成因也许是这样的：彼时栽种水杉树的时候，这里还是岸上陆地，不知何故湖水上涨，水杉树长期没在水中造成的？

其实水杉并不是水生植物，而是落叶乔木，它的主要营养来自根系吸收养分、水分，以及叶片的光合作用等。只不过成年植株根系耐水性强，能生活在沟边、河湖岸边，喜欢水湿环境条件，所以水杉的名字才会和"水"挂钩。

回　家

读小学的时候，放学的铃铛，是爸爸妈妈、爷爷奶奶、外公外婆的集结号，我们被抱着、牵着手回家，那是无忧无虑的童年幸福。

上中学的时候，我们住读学校，无论风霜雪雨、走路坐车，周末冲出校门，我们回家像磁场中铁屑的运动。

长大外地求学，寒假暑假，路途遥远，车票昂贵，因着家乡父母亲朋、儿时伙伴吸引，我们像候鸟般千里迢迢回到家中。

长大成人，为儿为女、为妻为夫、为父为母；上班下班、出差返程，最让我们期待、激动的一刻是收拾东西回家。

即或因故离开家、赌气逃离家，客居异乡做异客，日久天长，最想听到的话，最让人激动的一刻是"终于能回家了"！

活着的人想回家，那是亲情的呼唤、生命基因的固执！ 18 世纪 70 年代初，蒙古族土尔扈特部数万人离开生活了近半个世纪的伏尔加河流域，朝着"太阳升起的地方"东归故土，谱写了人类历史上气壮山河的民族大迁徙英雄史诗！

近些年，党和国家一次次以最庄严的仪式把捐躯异国他乡烈士们的遗骸专机接回祖国，因为魂归故里，入土为安，是我们对烈士们的最高礼遇！

生于尘世，自由乃灵魂之翼，而家则是那片让心灵安然栖息的港湾，它承载着无尽的温馨与美好。

最好的享受

春水像水晶薄纱铺过桥墩承台。承台与河水便像母女间的亲昵：承台亲吻着河水，河水抚摸着承台。

承台与水搭出一方舞台，舞台光影明灭像水中大鱼浮出水面时鳞片的闪烁。有舞台，便有演员，时不时有大鱼、小鱼于承台上翻滚、扑腾，那是河中鱼忘形被河水冲上承台后的无奈，也像是调皮的鱼儿跳上舞台后展示的特别舞蹈。

然而，承台上高低蹦跳的鱼，有再次回到水中欢快游走的，有搭上性命再也回不去的。因为一只白鹭早已站在承台上，守株待兔般随时准备享受到嘴的美味大餐。

突然间，一条大鱼飞一样砸在承台上，接着便是一阵急促的胡蹦乱跳，是白鹭"御用舞者"的敬业？还是故意挑衅白鹭的壮举？然而，大鱼忽又跳入水中，惊魂逃遁，白鹭兀立没有任何多余的动作，就像是什么都没有发生过一样。

河水漾过承台激起无数的泡沫；承台上白鹭似雕塑纹丝不动。

忽然间，一条小鱼被河水拥着溜上承台，小鱼难免惊魂！然小鱼却没有如此的好运，它来不及做求生努力的蹦跳、挣扎，白鹭早一个疾冲，尖锐的喙便像一把锋利的匕首刺将过去，扎进小鱼的身体，稳、准、狠，叼住、昂头、落喉。干净利落，绝无左右摇摆吞咽的笨拙！小鱼做了美食，白鹭获得了甘甜美味。

鸟生快意！

吃不了、吞不下的大鱼坚决不吃，哪怕美味就在眼前；合适的鱼儿快意享受，绝不放过任何可能的机会！这是承台上白鹭实用而有德行的生存态度。

向吴刚学习

中国古代有很多有关月亮的神话故事，我以为唯吴刚最为传奇。

说是吴刚因事受罚到月宫伐桂，若砍断桂树，即可回天庭继续把守南天门。然而，当吴刚以戴罪之身认真砍伐眼前事关自己前程的桂花树的时候，斧起斧落，却发现桂花树随砍随合——这是一棵他永远砍不断的桂花树！

天命难违！命运既然如此，寒来暑往，数千年过去，吴刚就那么一直不停地在那里砍啊砍、砍啊砍！

明摆着故意侮辱吴刚，远比褫夺性命更让吴刚蒙羞！

谁阴暗如此？惩罚吴刚的大神是天帝。还真是，如此惩罚方式，也只能是无所不能天帝所为！世人因此无奈，吴刚只能伏法！

古往今来，针对吴刚的遭遇，人们给了很多不平的解读。

然我却以为人们似乎并没有参透古人的智慧，或者说并没有明白万能天帝特别体恤苍生的良苦用心。

吴刚狼狈如此，自然不是吴刚没力气，也不是斧子不锋利，与其说吴刚的遭遇是天帝特别的安排，不如说是吴刚伟大品格之所在：吴刚者，天将也！天庭世界，天将如此努力尚难言成功，何况人间？何况我等凡夫俗子？如此，天帝特别树立吴刚永不言败奋斗者榜样，却是为了让人间苍生明白一个道理：这世界，绝非仅仅是成功者翩然起舞的华丽舞台，更多的是失败者狼狈的身影！芸芸众生该何去何从？答案就是：向吴刚学习！做一名永不放弃的奋斗者！

狐狸别传

我不知怎么就突然想到了狐狸！

记得小时候我是见过一回狐狸的，只见一只黄色的动物在远处的山上奔跑，人们说是狐狸！刚要仔细端详，眨眼间，它已消失在灌木丛不见踪影。

中国人对狐狸的认知，城里小孩自然大多受益于成语"狐假虎威"的教育；农村孩子则不仅从成语处知晓了狐狸的狡猾，很多时候，是与真实的狐狸打过照面后的熟悉。

中国传统文化中口头相传、文字记载的狐狸大都是"公众人物"，如害人祸国的狐狸精。

狐狸有如此能耐，被人百般妖魔化或美化，以致实至名归！然动物世界，生灵各有禀赋，何以唯狐狸能成为人间善、恶等身的传奇？

睿智者的心路历程充满智慧。

在知识欠缺、物资短缺、能力有限的过去，一方面，不善良者奢望"不可知论"成为"常识"占据舆论阵地，依此愚弄最大多数人臣服于少数人；另一方面，善良者必须创建一个能惩恶扬善的虚拟图腾，借此表达苦难中人向往美好生活、厌恶黑暗现实的愿望。因此，为愚弄他人，为自救或救人，找一个大家都认同的能背锅或者能背书的虚幻对象也很正常！

然而，狐狸即使如此精明能干，我仍要奇怪：无论如何，狐狸不比人智慧，也算不上动物界力大者最佳选择！如此，不以机巧善变的人完成狐狸承担的职责，不以狐狸之能赋值力大的老虎，偏偏图腾狐狸？失之偏颇啊！

事情当然不会如此简单。

狐狸毕竟是动物，远逊人的聪明或者狡猾。为此，人言之利人，并不让人十分反感；人言之害人，并非无法驾驭而失控。如此一来，比狐狸狡猾的人，既能时刻为自己失败找到借口，也能时刻为自己胜利埋下伏笔；社会处处潜伏危险，但狐狸天生个小力弱，没有天然威力如老虎般庞大身躯、长长利齿让人惧怕。否则，复制老虎，人还有胜利的希望吗？胜利了，别人信吗？不胜利，人还能发展吗？是故中国人选择狐狸做偶像，为人背书站台，看似天上掉下来的狐狸福分，却是人慎重思考后最合情合理的狡猾！

由此可见，中国传统文化中对狐狸的神话、崇拜、拟人化以及因此演变出的口头上、书本上对狐狸的种种褒奖、贬抑、美化、丑化之词，是人类在物质基础脆弱、生活异常艰难、自由意志缺失时必然出现的人类文化现象；是人与自然、自我斗争过程中曾经的自卑与无奈、不甘与不屈复杂心态的外在表现。

然而，我为狐狸作传，是中国传统文化传奇之所在。在文明兴隆的今天，古老狐狸文化已经没有了实际的需求便失去了应有的意义，早已销声匿迹仅剩人们偶尔用词上的比喻、曾经志怪故事的流传。为此，我们只能说，这是历史的进步，人类的进步！

鹊　巢

　　一想到明天就能住进自己新买的房子，我便很激动：省吃俭用，终于买了属于自己的房子，自觉不容易；房子面积虽然不大，但总有两室一厅的布局，足够家人住，我感到很满足！

　　早上，晨曦从东边高楼晕染过来，虽遥睇不见喷薄的太阳，心中自以为看到了东升的太阳，让我每天都有一日之计在于晨的少许冲动。

　　窗外的阳光慢慢移动着一天的影子，光亮亮让北方冬天的阳光无比温暖！

　　窗的远处，矗立着不动的城市大楼，移动着飞跑的汽车。世界平和又充满活力。

　　窗的近处，是崭新的小区高楼围就的小院，院中人行道边装配有利人锻炼的工具、歇息的凳子并间杂一些颜色、造型各异的人造景观。植的草、栽的树在人的呵护下均已披上绿装，给春寒料峭的室外增添了生命的活力。

院子空旷、安静，很少见人，却有两只喜鹊主人般忙碌不停。

印象中农村老家的喜鹊总在人还没睡醒的清晨，独自、成双地站在早春的枝头叫个不停，虽吵闹却不让人讨厌，谁叫它是报喜鸟呢！然眼前院子里的喜鹊，只是围着一棵银杏树来回飞。

银杏树位于草坪的边缘，叶不甚密，仔细看，便远远地发现树的枝丫分权处有一坨黑乎乎的东西，原来它是喜鹊正在构筑的生儿育女的鹊巢。

自从有了这个小小的发现，每天早晨醒来，我第一件要做的事，便是移步窗前观鸟之忙碌，看鹊巢之大小。一分钟，几分钟，或许更长时间，或许更短时间，它们让我充满期待，好像我正在建自家房子似的。

从四周捡拾粗长枯枝、折断树上新枝编制巢之外室的一定是做父亲的喜鹊；从地上薅拾柔草、从沟边啄衔新泥构筑巢内装饰的一定是做母亲的喜鹊。

大清早、一上午，阒静无声与喜鹊劳作，是小区院子最美的景致。

某一天，我决定近距离探视喜鹊夫妇及它们的新巢。

它们很快发现了我，雄鸟丢下枯枝远远飞走不知去向，雌鸟则立即吐出嘴中软物钻进较远的树中，虽故意无事般悠闲擦洗自己万能的喙，警惕的双眼却一刻不停地乜斜着我。

我明白了，喜鹊不仅怕人，似乎更害怕我袭扰它们正构筑的新巢：一个假装逃走，一个远远瞟着，真是聪明的喜鹊夫妻！

我知道做错事了，赶紧离开鹊巢。喜鹊亦好像一直躲在远处侦察似的，仅仅一会儿工夫，一只喜鹊衔着枯枝箭般飞来，落定树梢，片刻张望，便继续它的筑巢事业去了——这一定是那只诈逃雄鸟的回归；很快重拾丢下的软物到窝里忙碌只留尾巴在外晃动的喜鹊——一定是那只雌喜鹊的倩影！

印象中雄伟的喜鹊窝，一枝一叶都是喜鹊夫妇从附近、远处衔来筑就。眼前的这对喜鹊夫妇尤其勤奋：粗而重的枝条，眼看就要整饬到位，一不注意却被树枝别落地面，喜鹊没有气馁与急躁，顺势冲向地面重拾并就地升起，跳跃式一步一高地辗转落到窝的上方某个位置，仔细搜寻找准到达窝巢的入口。即使如此，往往要经历数次地面、树上的往返才能获得最后的成功；或口中衔来一根较长的枝条，空中扑棱翅膀做左冲右突的不断努力——我的心也跟着凌空晃悠！实在太累了，它们也会停在树的某处休息一会儿，旋即重复前面的努力直到成功。

如此不张扬、不气馁、不放弃，十几天过去，不变的是喜鹊夫妇一如既往的韧劲十足，变化的是鹊巢渐渐地变大变高！

一天，窗前的我竟然没有看到喜鹊夫妇忙碌的身影。我的心也突地悬起。当我望见那棵银杏树上已经完美立起的结实喜鹊窝的时候，我心中欣喜并坚决地认定，喜鹊夫妇成为父亲、母亲的日子应该越来越近了！

十几天来，我一直跟一只喜鹊打着照面，我知道另一只喜鹊正在坐月子！

二十多天来，我一直跟喜鹊夫妇打着照面，它们的孩子应该已经长得很大了，喜鹊夫妇飞进飞出，忙碌于打食喂雏。

终于有一天，我猛然发现我已经好几天没有见到喜鹊夫妇或者它们中的任何一只了！我伤心至极，我知道我永远见不到它们了：某一天的清早、傍晚，喜鹊夫妇已经带着它们的孩子远走高飞了。只留黑乎乎、空荡荡的喜鹊窝给我人去楼空的忧伤。

就这样走了？难道千辛万苦数十天筑就的安乐窝就这样扔掉不要了？

据言喜鹊夫妇每年都会重复筑新巢、生蛋、孵化、育雏的庄严过程，时间一到，毅然决然带着儿女远走高飞，任其老巢腐烂、被其他鸟儿占用。这是喜鹊对待付出、对待财富的超然态度！

回放喜鹊夫妇严谨、默契、勤劳筑巢的不可思议；细思喜鹊夫妇毅然决然放弃窝巢的轻松快意，我除了敬佩，就剩自惭形秽了！

云想衣裳

在网上偶尔浏览时，我偶然看到了几幅记录清朝时期的照片。这些影像是一百多年前欧洲人镜头下的清末生活，或许承载着摄影师通过夸大其词以证实清朝落后面貌的主观意图，又或许是对当时社会现状的真实客观记录。在这些老照片中，我们可以看到被拍的人衣着破旧，脸上流露出绝望的神情。

人是地球上唯一靠外在保暖、遮体、美丑的动物。这个外在，就包括我正絮叨的衣服。

然而，即使在最贫穷和艰难的历史时期，人们依然有着依靠服装来美化自己的原始初衷。俗话说得好，"三分长相七分打扮"，这句话不仅道出了外表形象对于个人魅力展现的重要性，更揭示了人类对美的追求是人与生俱来的本能。无论在什么样的时代背景下，人们都渴望通过服饰来提升自己的外在形象，从而获得更多的自信和尊重。这种对美的渴望和追求，跨越了时间和空间的限制，是人类共有的情感和需求。

衣服的出现，最初显然仅起保暖和遮羞的功能，但追求保暖从来不是人类穿衣着装的唯一目的。凭衣服新旧、与人适配程度，能真实地反映穿衣人的家境。衣服承载了人类美、丑意志；代表了国家、民族的富裕程度！衣服毫无愧色地成为人类社会发展史上最有故事的人造物件之一。

云想衣裳花想容，欣逢伟大时代，让我们穿起来、靓起来，为后代留下坚毅自信的影像。

长寿花

妻子过生日，女儿寄来一盆鲜花。

女儿说花的名字叫长寿花，送花、借花名祝福妈妈生日快乐！还特别强调长寿花花期长，色彩丰富，不仅给人们带来视觉上的享受，也能让人心情愉悦。

生日送花，是年轻人的浪漫，何况女儿此次选送的花，因为寓意深刻而又娇媚，妻子非常高兴。

严格来说，我以前是不知道长寿花的，也不知道为什么眼前开着伞状花序、能做生日礼物的血红色花叫长寿花。但有一点感觉深刻，长寿花在最隆重的时刻，每个枝丫似乎都在争先使出自己最好的本事，为寿星绽放花团锦簇的美丽。

长寿花是女儿送给她妈妈的，没承想却成了我爱不释手的对象。

我小心地把花盆安放在卧室与阳台间的隔断上，每天早上起床后的第一眼，每天晚上睡觉前的最后一眼，一番相互对视，长寿花无不尽情展示自己的娇媚与热烈，我简陋的卧室也因此充满了从没有过的温馨与活力！

置身家中，多看几眼长寿花，成为我习惯性的动作；为之浇水修枝则是我应尽的责任；不仅如此，我还在不同时间段、从不同角度用手机为长寿花拍下了一帧帧成长过程的影像，为的是随时随地能享受长寿花带来的快乐：闲暇、外出时欣赏；发美照与家人同乐；叮嘱家人不要忘记照顾长寿花。那份安适、美好的感觉，让我无比踏实。

人生快乐，谁都希望绵长久远。然花开必有花落时，长寿花的艳丽色彩给我无比快乐，也意味花朵凋零将给我带来痛苦。

长寿花瓣确是凋零了，但长寿花枝叶、根茎不仅健康活着，而且根部冒出了新鲜的嫩枝，就连陈枝上也比赛似的争先长出了健康的新芽。花虽落，长寿花却早铆足了冲天干劲，人们还在热闹地过春节、吃团圆饭的时候，它便第一个感觉到春天走来的脚步声，兴致勃勃地踏上灿烂的开花之途。

长寿花没有浪费冬天窗外的暖阳，原来四散生长的花枝，早像一阵风吹过后的整齐，一律昂着头弯腰朝向窗外，其中最长、最粗的一枝更似千军万马中的急先锋，迫不及待地开始了属于自己的生命节律：一粒花苞不知什么时候立定枝端，起先花骨朵儿不大，然后渐渐长大，继而像一束远古射来的红光渐行渐近泛红欲放，最后绽放盛开！血红花朵的周围，已挤满其他做好绽放准备的花苞，你挤我拥，甚是热闹！细观，其他老枝新叶均青翠地绿着，个个像养精蓄锐的战士，不做半点的着急，似乎是专门等着，为的是让"带头大哥"尽情展示自己独一处的美艳！它们的努力没有白费，它们的心思得到回报，这枝最长、最粗独放的花枝，竟然在家里寂寞却骄傲地红了三个多月的时间！它就那样灿烂地开着，自豪地享受主人的爱意与赞美，直到又一枝嫩芽花骨朵开始泛出微红，它才将自己鲜红的柔然花瓣换上褐红的纱衣，曾经盎然的花蕊低头松散，一枚枚轻扬的种子逐渐成熟。很快，其他花苞们渐次露出自家行头，虽然不多，却不止一枝开始或准备怒放；更有一众嫩绿新枝，排着队等着登台表演，那阵势，恰似山中花溪，活力源源而来！

天然机巧安排，不间断开花接力，长寿花如解语花让我满心欢喜、万分惊喜！相较去年满盆盛开，今年的长寿花虽自由散漫地开着，但朵朵饱满壮硕，它们从来没有迟到或者早退的想法，更似乎专门以绵绵不绝的花期，送我奢望中的欢喜。

鉴于原来我住的房子没有电梯而十分不便，我们准备搬到有电梯的房子住了。

新房子自然很乱，但我不急不躁。因为长寿花在、开着鲜红的花，我的心平静而安详。

我定然不会养花，但长寿花开得娇艳；我定然不是无聊的花痴，家中长寿花值得我如此怜爱。

时间过得真快，没承想我在新房子里已经满住一年。一年的不间断打理，也增添了其他绿色植物，而那盆长寿花依然享受着我的最爱，骄傲地占据卧室的窗台花架，每天迎接自然的阳光，每天馈赠我特别的快乐。

好一只蚊子

夏天生命勃发，人却过得并不舒服，因为人不仅要饱受热浪的煎熬，还会遭受一只叫"蚊子"的小小昆虫不间断袭扰。

人为万物灵长，蚊子厉害如此，蚊子为何物？字典曰：昆虫，成虫身体细长，胸部有一对翅膀和三对细长的脚，幼虫和蛹都生长在水中。雄蚊吸植物的汁液，雌蚊吸人畜的血液。能传播疟疾、丝虫病、流行性乙型脑炎等病。

说起家养的牲畜，无非是猪鸡狗、马牛羊。一对耳朵、一个左右摇摆的脑袋、一尾活泛的尾巴，是它们杀死更准确地说驱赶苍蝇、牛虻、蚊子的全部工具。

例如牛。春、夏天，水草丰茂，是牛长膘的季节，但牛也必须为此付出代价。让牛寝食难安的除了天热，就是那些嗜血成性的苍蝇和牛虻。即使牛尾巴不停甩动，牛头频繁摇晃、耳朵左右扇风，甚至于滚一身污泥作为防御铠甲。

人类同蚊子的斗争虽然也像牲畜一样消极无助，却有那么点让人感觉温馨的地方：南方人夏天手中须臾离不开的"法器"是一把蒲扇。整个夏天，只要有片刻的安宁，身边的蒲扇便会不停地上下左右摇动，很像动物的尾巴，是扇风纳凉，也是为了驱赶蚊子。当然，不知起于何时，扇子的模样、功用开始发生变化，一些人手里的扇子不再仅仅是扇风驱蚊，主要用来陪衬主人的素养，显示主人的身份。

蚊子细腰长腿、窈窕善舞、身轻似无若人间一缕轻烟；蚊子勇敢坚毅、数量庞大、冲锋陷阵似勇猛壮士。如此，人用尽十八般武艺：扇子驱赶、焚烧艾草、香樟驱蚊，都有用却都没用。即或情急之下，突然一巴掌下去，不管蚊子溜了，还是被拍为血肉模糊的泥，被叮咬者对蚊子咬牙切齿的仇恨可比牲畜深多了。"讨厌的东西！哪儿那么多蚊子！"是人们经常挂在嘴边的狠话。

当然，因为对蚊子的仇恨，倒让市场出现了商机，蚊香、电蚊拍、电蚊灯、防蚊纱窗等，一切能置蚊子于死地或者能远远地驱赶蚊子的都广受欢迎。但是，似乎是"道高一尺，魔高一丈"，夏天按时而来，蚊子年年都有。

20 世纪 90 年代，我们一行人到广州出差。那时的火车，人特别多，座位便显得特别少，从武汉到广州近二十小时的颠簸，早将习惯野外作业、自诩身体强壮的我们鼓捣得接近散架！

我有失眠的毛病，十分羡慕人家落床打鼾的幸福，当我从洗漱间出来，几个同事早已七倒八歪地呼呼睡着了。

我疲倦地躺在床上，睡不着，无事干，一任两只眼睛在屋里四处梭巡。这时候，有几只蚊子在我周围飞动，正要仔细搜寻却又不知踪影！突然看到同事腿上的汗毛好像在不停地颤动！我连忙凑过脸去。天呀！竟是吸血的蚊子！

我以为同事一定有不适和恐惧，但同事只是懒洋洋地一边挠一边嘀咕道："到处都是蚊子！"根本没有睁眼，一歪脑袋又睡着了。

这是我看到的蚊子叮人、咬人最霸道的场景。每年，当第一只蚊子在我眼前飞舞，我都会毛骨悚然于那个场景，我都会对蚊子产生莫名的厌恶，总会立即睁大眼睛四处搜寻并予以毁灭性的打击。

我的姐夫曾在遥远的西北某地服役。姐姐随军后，我自然有了到西北一游的理由。一年的夏天，我就将自己置身于西北某地。从南方的长江沿岸到戈壁沙漠的西北，稀奇的东西尽管很多，但印象最深的不是别的，却是那里夏天竟然不用蚊帐！没有蚊子的夏天该多惬意啊！

还是在蚊子肆虐的夏天，为了得到片刻的安宁，我曾开动脑筋，寻求万全之策以便一劳永逸。城里的房子大概都是窗明几净的，墙也都粉得白白的。因此，猖狂的蚊子总能被人比较容易地发现并遭到毁灭性的打击。只有那些躲在阴暗角落处的它们，看不见，打不着，着急上火都没用！怎么办呢？办法真被我想出来了：蚊子不是有趋光的特性吗？于是我就关掉了屋子里所有的灯，唯独将空间最小的洗手间弄得灯火通明。洗手间四壁镶满白白的瓷砖，蚊子何处藏身？我不禁一边为自己的高招暗喜，一边手持折好的报纸躲在一旁随时准备出击。果然不出所料，一番等待后，满屋子难以搜寻的蚊子纷纷钻进了套圈！

我高兴莫名，以为自己应该能因此安稳地睡个好觉了。可是，我错了！一只蚊子几乎在我即将入睡的当儿，把可怕、讨厌的嗡嗡声送到我的耳边！那是人间恐惧的声音，让人绝望的声音啊！

大人绝望，小孩子不知道但不会幸免。蚊子可不是无知无识的牲畜，它精着呢！例如睡在同一间房子里的一家三口，蚊子总捡小孩子叮咬，一口下去，立即让孩子又哭又叫，并鼓起一个让大人心痛、让小孩子流泪的红包，弄得不好，还有发炎溃烂的危险。

蚊子对小孩子的特别关照，算得上是我一个小小的发现，我曾为此突生怪念，以为自己马上要成为一个了不得的发明家！真是的！发现或者说发明原来如此简单啊：既然蚊子喜欢叮咬小孩，造出一个有小孩特质的东西放在睡觉的房间，不就能免于蚊子叮咬了吗？但我毕竟不是发明家，想归想，激动归激动，后话是没有的。

我的孩子两三岁的时候，虽然不懂事，但我却惊奇地发现对蚊子的恐惧早已刻在她的记忆中了。一次，孩子的妈妈买回红枣煮粥，孩子坚决不吃。孩子的妈妈说："红枣吃了皮肤好，红红润润，白白胖胖，人见人爱，多好呀！"孩子马上用她不甚连贯的言语坚决道："就是不吃！吃好了皮肤，蚊子专门咬我！"为此，我们除了苦笑还是苦笑！

实际上，为了自己，当然更为了无助的孩子，夏天睡觉前的必做功课就是满屋子里找蚊子、打蚊子！在没有电蚊拍的时候，为了能睡一个安稳觉，可以买一个封闭严实的蚊帐躲避蚊子；要么紧闭门窗，用焚烧驱蚊片的方法将蚊子杀死；或者将蚊香整夜地燃着，也能免于蚊子的叮咬。

但蚊帐罩着太热，人们不习惯；焚烧驱蚊片或者蚊香，据说对人有害；万全之策就是用最原始、最安全的办法将室内蚊子一一杀死！那份找到一只蚊子并成功地将其拍死时的喜悦难以形容。而明知有蚊子却始终找不到蚊子踪迹，或者即使找到了却落个"鸡飞蛋打"时的沮丧，则没有更确切的词汇来形容人当时的崩溃！

　　而今，我的腿上也有一块疤，它是我打蚊子时落下的疤。只要看见伤疤，我的眼前立即浮现出那个恐怖的夜晚！

　　那是夏天的一个夜晚，该死的蚊子终于在天花板上神秘现身了。我悄悄地站到床上，但狡猾的蚊子所处的位置却不是我能痛快地给予致命一击的地方！时间不容我多想，我手挥报纸，纵身一跃，完成了我永远的自豪：天花板上留下一抹殷殷血迹，它可是我骄傲的战利品！但落地的腿却重重磕在椅子上，鲜血渗出，钻心疼痛！

　　这是孩子长大后，我经常向她炫耀的我对她的爱的故事。其实讲这样的故事，我虽然可以得到一些东西，如孩子的感激之情，但实际上我没有什么值得炫耀的，我依然是失败者：不因为我打死了一只蚊子，蚊子便减少了一只，蚊子仍然这么多，仍然会出现在房间，而我却再难有纵身一跃的壮举了。

错过就是永远

清蘅塘退士的《唐诗三百首》压卷诗为无名氏的《金缕衣》。诗云：劝君莫惜金缕衣，劝君惜取少年时；花开堪折直须折，莫待无花空折枝。

如此简单直白的诗在以诗立国的唐朝之所以有如此厚重的分量，自以为作者诡异地把人类最宝贵的自由做了矛盾的阐释：既约束又放飞！

前者无疑是难的，但凡人做到就会取得应有成就；后者看起来很容易，然真正享受自由人生的又有几人？难的事情自然难做，简单的事情也做不好，足以说明做人不容易，人的故事千奇百怪。

为人子女，就有爷爷奶奶、外公外婆、爸爸妈妈以及其他亲人的存在。他们爱我们，我们爱他们，这是人间的亲情。

　　然而，当我们享受青春年少美好、婚姻家庭幸福、事业有成荣耀的时候，突然间，无比热爱我们的爷爷奶奶、外公外婆说走就走了，不给我们说不的半点机会；突然间发现生养我们的爸爸妈妈头发白了、背驼了、眼睛不好使了、腿脚不灵活了，风烛残年让人怜惜！

　　我们正想着如何为老人尽点嘘寒问暖孝心的时候，或许亲人要么永远地走了、要么很快地老了。子欲养而亲不待！

　　青春年少，读小学，上初中、高中，进大学是年轻人的责任，为的是惜取少年时，掌握应掌握的本领，以此实现个人理想、报效社会国家！然而事实上，很多孩子因为这样那样的原因，在本该好好学习的年龄没能尽好学习的义务。时过境迁，他们便近乎永远失去了本应该有的上学、上好学校的机会，人生便少有机会接触到智慧的人，无法掌握最有用的知识技能，找不到发挥能力的平台。

　　本应有的前途，因为贫穷，因为贪玩，让学习的机会永远失去，让自己今后的人生大打折扣！

　　男大当婚女大当嫁，凡中国人都懂。故"催婚"一直是很多中国父母不愿言行却不得已而为之的痛苦。如果说长辈痛苦只是隔靴搔痒般难起作用，特别是很多优秀的女性，因为各种原因失去了婚嫁的最佳机会，看似并不是什么特别大的事情，然世上真痛苦，唯有女人们自己知道滋味。

婚姻本人生最大幸福，最后却变成了苦涩的味道！

因为当事人的原因，因为外在影响，一个人没有把握做人、做事的机会，便永远失去机会，最后只能抱着无花的空枝，饱受遗憾、后悔、痛苦的折磨。

父亲八十多岁的时候，我突然觉得眼前的父亲熟悉而又陌生，便觉得必须抓紧时间多了解老人家的过往。然而，客观上，小学、中学时候，自己年纪小，从不想这些事情，只是对父亲关心自己的学习有害怕又有厌烦；到外省上学、毕业上班，父亲生活在农村，我学习、工作在外地，既然与父亲难以见面，便只能把遗憾留在心中。主观上，长这么大，我从没经历过亲人逝去的痛苦，便觉得眼前的父亲既然活着，就应该永远地活着，跟死亡有什么关系呢？我问你答的简单事情，哪里有急迫的必要！有如此主客观原因，把时间在流逝、父亲越来越老这件事仅仅停留在脑子里而不是行动上！哪里想到，2011年，因为摔了一跤，一家人自认为能活一百岁的九十四岁父亲很快住院、很快神志不清、很快去世，我才猛然感觉一切成为不可能！

父亲突然离世让我后悔莫及。于是，我很快把心思转移到家族已年过八十岁的一位叔伯兄身上，自定今后最重要的事情，就是找机会与叔伯兄同吃同住，促膝谈心，以便得到我所关心的家族事儿。叔伯兄年纪大，读过书，当过兵，经历事情多，是合适人选。没承想，仅仅距离我退休还有三年，叔伯兄因脑出血溘然而逝！我觉得他应该活得更长，至少要活到我父亲的年纪，然而，八十五岁的叔伯哥也驾鹤西去！

我曾有位工作上、生活中的好朋友。年轻时候，他从事军队航空摄影工作，既然航空摄影，飞机上工作便成家常便饭。人曰：离地三尺有危险。谁知一次飞机起飞离地，他不幸从飞机机尾甩出，跌落稻田而幸存！人曰大难不死必有后福，后来，自己成立公司，招募几位志同道合的朋友干事业，因为他人缘好、能力强，公司办得风生水起。因为他的为人，我受益良多；因为他的传奇，我曾想面晤长谈为他写点什么。平常大家都忙，自认为难有接触的好机会，便决定退休后一定把这件事情了了以遂夙愿。然而就在我即将办理退休相关手续的时候，他突然离开了人世，年仅七十三岁。我则不仅失去了大哥，更失去了与之面晤长谈的机会！参加追悼会与之道别的时候，看着慈祥似乎正睡着觉的大哥，我泪流满面！

父亲突然去世、叔伯兄突然去世、朋友突然去世，人生中极简单的事情，仅仅因为我不起眼的"拖拉"习惯，变成了"错过就是永远"的遗憾！为此，我曾不止一次地恨自己怎么就没有四十不惑、五十知天命、六十耳顺的丁点智慧呢？

自然很残酷，参考、借助物理学概念，人间万事万物发展或者消亡的机会其实可分两种：一种是跟时间关联的机会——随着时间消逝，机会越来越小或者相反，我们可以称之为矢量机会，如人类定义的青春、求学、衰老等；一种是跟时间无关联的机会——机会永远存在，我们可以称之为标量机会，我们熟知的守株待兔成语最为典型，为什么总会有人傻乎乎地等待第二次？因为第二次的机会虽小，只要你无限等待却总会来临的。

人自然是矢量机会的人，当矢量机会的人与世间众多矢量机会交手，人间多少事便会因为人当断不断、拖拉成性、舍近求远等不良习惯而必然发生"错过就是永远"的不谐事情呀！反之，如果《金缕衣》真正该家喻户晓，每个人熟谙、实践《金缕衣》做人做事原则，人世间哪有那么多"错过就是永远"的遗憾？哪有那么多无可奈何的哀叹？

一言难尽！只能说，人之所以千辛万苦寻找规律、制定规矩，说明人乃天然不守规矩，不知道自然规律的动物；只能说，一个人按规矩、规律办事，是人对自己的强迫；心里没有规矩、不按规律办事或许才是人的自然本性！

也许我们不能如此以一概全地否定人，然世上但凡做得好的，各时代、各层次成功人士，他们固然天赋异禀，但"善找规律，按规矩办事"的优良品德是他们获得成功的关键；而那些做得不好的，似乎正是一介普通人的应有结局：为了生存，更好地生存，凡可能付出代价的事情，凭本能想尽一切办法及时做且认真，而凡待之为之代价小的甚至不用付出代价的人和事，必然出现对人对事的拖拉甚至无限制的拖拉；跟我们没有亲情关系的人甚至无关紧要的人，我们往往依照规矩、道德约束付出十分的关心与小心，而对为我们付出无私大爱的父母诸事却往往漫不经心甚至尾大不掉；我们可以坐飞机、火车、自驾旅游看远处的风景，却往往对自己周边的风景一无所知；即使我们身处医疗条件优越的城市，却因为我们心里装着"能简单快捷就医"而不及时就诊，小小的疾病最后拖成大病无法挽回……

院内院外

进大院便能遇见一片草坪。草坪绸缎样软和，一年四季似农村早春的麦田。但也不完全像，刈割机留下的痕迹清晰可见，草坪更像是一幅墨汁未干的图画平摊在地面上。草坪中间长着一棵近乎光秃的古柏，树上挂着"名木古树"铭牌。然古柏气势虽未减，却早龙钟之态。

再往前走，一片收拾整齐的花园映入眼帘。

银杏树回环花园。因为是古老村落受人尊敬的历史守望者，银杏树身份珍贵、德行崇高。尤其深秋时节，当院中众绿呈现枯萎之态、晦暗之色的时候，银杏树特立独行的金黄开始大放异彩，引得大儒啧啧，惊鸿翩翩！

仔细辨认，花园里竟然还有果树跻身其中：有山楂树，有苹果树，有柿子树。

山楂本野味，农村漫山遍野的野山楂，既矮又小，如果不是其独特的美味，很难让人想起它们。但院中向来纤瘦的山楂树早长得肥美粗壮，似乎还做着参天大树的美梦。山楂之树，果实累累，犹如繁星点点，挂满了枝头。每一颗山楂果都圆润饱满，仿佛是大自然赐予人们的珍宝。人们啧啧称奇，赞叹于这满树的硕果，它们不仅象征着丰收的喜悦，更寓意着多子多福、家族兴旺的美好愿景。

苹果树吉庆，但眼前的苹果树却长着一副非洲面包树的模样：身子粗壮，枝丫稀稀，显得有些与众不同。遥想当年，这棵苹果树枝繁叶茂，每年春天，满树白花如雪似云，不让一处、一枝闲着，并长出你挤我拥无数浑圆小苹果的生命壮观。秋天来临，苹果树枝丫低垂，而那些浑圆的苹果则散发迷人的光泽和诱人的甘美芳香。于是，人们便给苹果树挂上"观赏佳果，严禁采摘"的光荣牌匾！

北方柿子树最是敞亮，常有摄人心魄的美丽：光秃的山梁上，柿子树或孤立或抱团于呼啸的北风中，不见一片树叶，却满挂无数灯笼样喜庆的柿子。纵有不断"啪"的一声柿子落地的闷响，北风中火红的舞蹈是柿子献给人间最难忘、最凄美的风景。然而，院子里的柿子树很难享受被人激赞的荣光！刻意的照顾，让柿子树长得腰杆苗壮，枝叶繁茂。当落地的花瓣还没腐烂净尽的时候，饼样的柿子已然立在枝头，吸吮阳光，铆劲儿生长，人见之无不满眼爱意，心怀丰收的臆想！然而，如此美好的愿望却是虚幻的镜像，当一种毫不起眼的白毛出现，便将人、柿子树的希望无情断送干净：好好的，人们突然发现青青的柿子一个接一个地开始长出斑斑白色绒毛，越来越多。人曰柿子白粉病，一种看似无力却异常厉害的柿子特有病能在毫无声息中把一树柿子感染净尽一个不留！人曰："何不药物伺候？"曰："风景树，结果干什么？"

花园里有树，自然还有花，繁花烂漫是四季中最好的景观。

花分两类。一类是花园里特意娇生惯养的花。它们天生丽质，美轮美奂，无愧于花中骄子的美誉；它们为花而生，为花而死，拼却精气神生发尽可能大、尽可能鲜艳的花朵只为悦人眼球，博得赞美。它们的名字是海棠、樱花、芍药、月季、玫瑰等花中群芳。它们长在花园应有的位置，最是人间四月天；然而，花神开着最美丽的花朵，却再也结不出生儿育女的种子，让人徒生悲哀！

一类为临时所需、温室搬出搬进摆放的盆栽花。不管什么时候，它们心地善良，志存高远，鲜艳无比，热烈奔放，全身心把自己的美丽留给人间！它们的名字是莲花、水仙、映山红、虞美人、郁金香……它们时常出现在应景的场所或者置身于花园四周以彰显节假日的热烈祥和氛围。剩余的时间，它们被养在，甚至很长时间置身于好吃好喝的温室，随时准备下一次短短的上场。它们是花中真正为使命而活的英雄！

院子的尽头是围墙，下半身是高约半米石块筑砌，石墙上固定一米多高的铁质柱子，铁柱上扎牢不容侵犯的铁丝网。稍作驻足，便明白之所以如此的道理：石墙是为切断生命力旺盛的白茅草入院；铁丝网是为好看更为阻拦院外不知名的它物随意攀爬过境。

围墙外，正好有一处地势稍高冈阜，赫然独立，像是专门方便窥视院内的平台。其实，冈阜上植物很少，有一棵弯腰驼背的桃树，有一尊已经干枯的枣树，再就是一棵特别高大的榆树——气势不凡的榆树成功打压其他植物跻身冈阜，以至于连生命力顽强的白茅草也被神奇阻拦，只能徘徊在冈阜的脚下。

院外长着能长但与院中气象稍有不同的同侪。冈阜外荒野的主力是生命力顽强的白茅草，不知姓名的野蒿藤蔓以及荆棘杂树稀拉散落在四处。身处荒野，它们就那么在自己生根的地方散漫生长，迎接岁月春夏秋冬洗礼，度过自己命数中的每一天。

但是，既是野外，意味着物竞天择。那棵碗口粗的野毛桃拼命地弓着腰，努力地从榆树下探头至院内——当然野山桃树最终能活下来，仅有求生的欲望是不够的，还要有特别的本事：春天时节，桃树把夭夭的桃花无私奉献给大院，赢得人们无数的怜爱；更有人适时采摘，品尝熟透野毛桃，褒奖之声就是活命的判决词。

如果说野山桃活得心惊肉跳总算活着的话，同在榆树下生长的枣树就没有那么幸运了。高大的榆树昔日一手遮天，今天仍然一手遮天。枣树曾经活着，努力地想活着，然而榆树夺走了枣树的阳光、雨露、营养。当然，可能枣树太过耿直，刚烈却痛苦地咽下最后一口气，而今只能桩立着向同侪诉说自己的不幸故事。

榆树高大威猛，遮天蔽日。即使如白茅草有野火烧不尽的生命定力，可怜它们在荒野长得有多么茂盛，它们在榆树下就会多么营养不良！

然而，高大的榆树派头十足，呼风唤雨。普天之下都是强手又都是弱者，都有自己的幸福也都有自己的不幸！谁曾想榆树粗大的树干会常年流着眼泪——那是虫蛀后的可怜，没有人的干预，任凭小小虫子的洞穿，榆树最终倒下只是时间问题；何况榆树紧挨着院子，意味着只要围墙再向外挪移一点距离，榆树便可能性命难保！这一切，谁说不可能发生呢？

院内院外，咫尺之隔，植物们活在不同的世界。

院外花草树木生存艰难，珍贵的它们没人刻意保护；浑身长刺的荆棘没人清除；张牙舞爪的强者没人管束。更有干旱、水涝、雷劈等自然威力随时随地施威。为此，院外植物是多么羡慕大院里光鲜华丽、温柔富贵，那一方冈阜是它们羡慕大院望眼欲穿的伤心地，那一线围栏是它们难以跨越的天堑！

院内花草树木，被人特意挑选，但凡成功跻身大院，不仅衣食无忧、花红体丰，而且得到格外呵护，自由自在，荣誉加身！为此，院内植物一定万分看不起生死无依的院外花草树木吧!

　　然而，院外花草树木虽生存艰难却能在自由的天空下呼吸，在自然的脉动里生死，难道不是痛苦中的幸福?

　　院内花草树木享受生的荣华富贵，却常常身不由己、死不由己：蒂落种子被清扫，出土新芽视杂草样清除；善开花者无法孕育，善结果者必遭折磨，难道不是幸福中的痛苦?

　　得到与失去，幸福与不幸都是相对的。

第二辑 · 诉说心曲

老乡张继

到苏州的人，不管是专门旅游，还是因事逗留，姑苏城西寒山寺都是心向往之的牵引之一。之所以如此，全因张继！

张继，湖北襄州（今襄阳）人，唐天宝进士，很久很久以前的我的湖北老乡。

唐朝进士含金量极高，很多人后来声名显赫。但张继很不幸，不仅仕途受阻，命运尤其不顺，真乃时也、运也、命也！

然而，祸兮福所倚。张继一段无奈的逃离，竟让他从此与相隔遥远的吴地苏州联袂辉煌直到今天：作为大唐进士，张继自然能写诗，写了很多诗，但只有那个惆怅的夜晚，从张继羁旅姑苏城外枫桥寒山寺留下《枫桥夜泊》诗词的那一刻起，他原本凄惶的人生，神奇地开始收获万古流芳的盛誉！

唐天宝十二年即公元 753 年，张继进士及第却铨选落榜归乡，多么难堪而痛苦！然而，张继的苦难尤其多。仅仅两年后即公元 755 年，渔阳鼙鼓动地而来，安史之乱如台风登陆，叛军侵袭如野火过境，唐王朝大厦风雨飘摇：皇帝西逃蜀地，王朝纲常无序，无数心怀理想的文化人包括张继，人生遭受致命的打击！

兵荒马乱，恓惶的张继最终选择离开家乡，南下汉水、东行长江欲避乱江南。

水路迢迢，当他乘船离开长江缓行大运河到达姑苏城外枫桥的时候，已是当年的秋天。

枫桥距离姑苏城不远，欲进入姑苏城的人，依惯例大都会头一天夜泊枫桥或船上、或陆上、或径直在寒山寺借宿一宿，待天明朝阳升起，或水路或陆路望城而去。

自然秋天，年年相同。然公元 756 年姑苏城外寒山寺那个寻常的秋夜，却特别地记下了不能忘却的人间故事！

天堂姑苏地，人间失意人！是日也，旅途困顿、前途迷茫的张继辗转反侧，乃喟然长叹曰：月落乌啼霜满天，江枫渔火对愁眠；姑苏城外寒山寺，夜半钟声到客船！

唐朝的诗人很多，羁旅诗尤其多，然张继这首看似平常的羁旅诗，却因为事发苏州枫桥寒山寺；却因为诗人神奇地将人间"贫穷与富贵、失意与得意"境遇泅染化为浓酽的人间哀伤而让人念叨、熟读、背诵，直至今天直到永远的未来。从此，无数人因为张继心向往苏州；无数人因为张继来到苏州；无数人因为张继来到枫桥寒山寺。

公元1987年春天，我第一次到苏州。那年，我跟着别人迷迷糊糊地来又跟着别人懵懵懂懂地走了，没留下半点对天堂苏州别样的感觉！作为湖北人，严格来说，作为湖北乡下人，今天虽然感到惭愧，但当时的我懵懂无知。虽在《唐诗三百首》中遇见过张继，知道他的《枫桥夜泊》，但我不仅对苏州知之甚少，不识愁的我更不知道张继、《枫桥夜泊》、枫桥寒山寺在人类情感中所占有的重要位置。如此结果，似乎自然而然！

公元2022年10月，我出差苏州。既然公差，大都来去匆忙，然此次出差却原因特殊，竟让我身不由己羁留苏州达二十余日，也因此终于让我有了与苏州亲密接触的机会。

距离我第一次到苏州，时间已然过去三十余年。三十多年后再到苏州，我自然已熟读张继的《枫桥夜泊》，熟谙张继奇特的人生，更因当下时至深秋的提醒，便觉天时、地利、人和，便觉自己此次必须到枫桥寒山寺做认真的拜谒！

千百年来，我自然不是唯一到过枫桥寒山寺的湖北人，但特殊关系的存在，便觉但凡到过枫桥寒山寺的湖北人一定有他人没有的特别感觉，正如我此次不仅心存满满自豪，还刻意许下不一样的愿景：不上枫桥，不进寒山寺，只是找一个僻静的去处，盘腿于江边、枫杨下、寺庙旁，安静坐一会儿，就那么一会儿！

马路上人少车少，很长时间后，我才坐上开往枫桥寒山寺的出租车。

到达目的地前，车上的我心里很激动；到达目的地后，我的心仍然很激动。但是，一阵较长时间枫桥、寒山寺外实地前后左右流连后，我的心竟渐渐平静下来。

我知道，我此时的平静其实是另一种别样的激动！因为眼前枫桥镇虽在、寒山寺虽在，却早已不是我心中的一千多年前的旧模样！它们早已特别地、专门地得到了尽可能的现代保护与维护、发扬与光大：运河、围墙、门卫将它们保护严实，不容任何唐突；满眼是精致的人为景观，感觉不到半点的荒凉；庭院鳞次栉比、远近不同，大运河上机动驳船来往隆隆，全无当年芦苇荡里的客船懒散与清冷的水中桨声灯影。

忽有商户在一旁大声曰：太冷清了！放在前几年，住户、游客、工作人员摩肩接踵；自驾车、的士、共享汽车、旅游大巴穿梭不息；店铺洞开、吆喝声繁，枫桥镇人山人海、日进斗金呢！

我明白，言者因为眼下枫桥镇不热闹而影响赚钱有恨恨之意。

人当然是天生喜欢热闹的动物。因此我想，作为迫近姑苏城的昔日要津，张继那会儿的枫桥也应该是热闹的。只是对张继来说，枫桥白天的真热闹是冷清的；枫桥夜晚的真冷清更是哀伤的。因为人间忧愁——那是人世间一根敏感的琴弦，正无情地拨弄着张继痛苦的心。幸运的是，热闹中的忧愁虽苦，却让张继生发了人间千古忧愁的绝唱，不知道当时的张继是否已经预感自己的未来将因此而不凡！

眼前的枫桥镇自然已无乌啼霜冷、江枫渔火、古寺钟声的冷清，那么，兴致勃勃的四方游客来枫桥镇，是准备专门体验枫桥镇今天特有的热闹？还是千里迢迢来此找寻千年前张继为我们预制成型的那根愁的琴弦呢？或者说今天的枫桥镇正全力打造现代式热闹以吸引海内外游客，还是一直在倔强地做维护，营造张继之愁使之成为人感悟人生哀伤的特别、特色小镇？

至少我是特意来找寻我心中认定的张继哀伤的！然而，哀伤与清冷相伴，我刻意于当今热闹世界执着寻找昔日冷冷清清、凄凄惨惨戚戚，枫桥寒山寺。先不说别人如商人可能要咒骂我，于我，真的能享受到那份自以为是的人间特别的幸福吗？

其实，我应该明白的，我已经不能在此刻的枫桥镇体验到张继那份人间哀愁的境遇！即使自己顽强地找到了一块理想中的地方坐下来、静下来，客观上必定被公园管理员劝离，被汽车喇叭、驳船汽笛惊醒甚至因为有蚊子的嗡嗡而不得不逃离！心性中的书本上人云亦云的淡淡、模糊、虚拟的所谓"哀伤"，亦只不过是"少年不识愁滋味，为赋新词强说愁"的现代笑话而已！

哎！老乡张继，曾给您带来哀伤的枫桥、寒山寺，因为您孤寂的哀伤给了无数后人来枫桥寒山寺的理由，却真实地造就了枫桥寒山寺今天别具一格的热闹呢！

谈愁，今天的我们当然既没李白、辛弃疾之无法驾驭的大愁，亦少张继人生困顿时的绵绵哀愁。甚至可以说，今天的我们，每一天都处在各种各样的热闹之中，处在

"人生得意须尽欢"的幸福中。然而，颇让我担心的是，因为热闹，我的忧愁已经很少、快乐很多。

为什么我总在心情欢快的时候甘之如饴张继的《枫桥夜泊》？置身热闹却感同身受马致远的《天净沙·秋思》？特别的，即使一直享受着人生的盛宴，只要月落乌啼、孤寂寺庙、古道西风瘦马意象——非真实的境况走进脑子、心中，立马感觉愁从中来，暗自伤感？

哀愁一方面是希望实现前急流险滩般的悲情，另一方面却又是人生难以舍弃的特别感受。愁到底是人的某种得到还是人生必须肩负的重担？

人事有代谢，往来成古今；江山留胜迹，我辈复登临。这是我的另一湖北老乡唐朝"诗隐"孟浩然的名句，曾以为只是孟老夫子感叹人生的老生常谈而已。然一句"羊公碑尚在，读罢泪沾襟"，却让我起了欢喜的顿悟：人不仅要愁，更要成为能驾驭愁的人！否则，愁就成了伤害人身心的病因，而不是指引人生辉煌的药引！

为人者，善于营造属于人类、时代、有价值的情感，就像张继留给我们的！这是一件多么有意义而值得人为之努力、奋斗的事情啊！

很久后，我站在路边准备回去了。

一辆汽车飞快地停在我的面前。

回苏州古城。我说。

一口价。司机说。

不打表？我疑惑。

因为不该有的反问，司机眼都不眨地飙车走了。

没办法！我只好像来时那样站在路边继续等车。

路上照样车少人稀，但我心里却荡漾起一阵笑的涟漪：张继老乡，苏州枫桥还是愁的故乡哩！要是我也有你一样的诗情，那该多好！

他们让我肃然起敬

学生时代读《林海雪原》，牡丹江是一个传奇的地方；后来又看了一些清朝电视剧，知道了宁古塔，于是遥远的东北"那疙瘩"曾让我魂牵梦萦！

不承想 2018 年深秋一次机缘巧合的东北行后，两个地方竟包圆儿觌面了。

牡丹江是个大地方，仅仅游历牡丹江市是不能言说牡丹江的，"大等于无"就是这个意思。于是逗留牡丹江海林市的时候，我便坐上海林到旧街乡村班车，成功盘桓海浪河边宁古塔旧城遗址近两个小时。应该心满意足了，不料旧城逛完，宁古塔新城被牵扯出来，心里痒痒依旧。

来了总要走，因担心此乃"最后一面"的残酷，离开牡丹江前一天的下午，我坚决地坐上了到牡丹江宁安市的汽车。

也许时间紧，心里又太过着急，到宁安竟一时不知西东，怀揣心事问当地人，说牡丹江边有古代的房子，过去果然便见一座上书"望江楼"的小巧古建筑雄立江边。读小楼左前方清朝官员塑像说明，知此屋乃清朝钦差大臣吴大澂旧居。只可惜一时不知吴大澂者谁，更不知道相关历史过往。

临走前，我认真地拢着手像思考者徘徊江边步道、凭栏凝视牡丹江东流水良久；又在宁安的博物馆楼上楼下一顿手机照相忙碌。下午四点多，当宁安华灯初上的时候，我准备打道回府了，心虽有不甘，觉得自己毕竟近距离照面了宁古塔新城之遗留——哪怕它很少，但可以对自己有个交代了。

2022 年深秋，我有了一个浏览苏州的机会，条件允许就观瞻苏州众多知名景点，闲暇时走街串巷，我这样做的。

某一日，我逛到了姑苏古城双林巷，读标牌知此巷有吴大澂的老宅。吴大澂？我心里咯噔了一下，是几年前东北宁安一面之缘的那个吴大澂吗？苏州、东北，路途遥远，富饶苦寒、文人武将，对不上呀！我没多想，更没去解惑心里流星般划过的稍许疑问。

苏州古城很大，闲逛在继续。一日过凤凰街"明楼"古建筑，腿脚已乏力，思维也显迟钝，探幽的激情显然开始式微了。我知道个中原因，姑苏城到处是老房子，到处是名人故居，见多了必然出现"好奇"疲劳。然而当我擦肩欲过"明楼"的时候，脑海里莫名浮现了电视热剧《伪装者》中主人公"明楼"的形象，因为这点不着调的原因，我便强迫自己走近、专门探视眼前的"明楼"。

标牌赫然：吴大澂故居。

又是吴大澂？是双林巷的吴大澂？是宁安的吴大澂？还是仅仅同名同姓，不同的人？哪有这么巧合？我开始深度疑惑并隐约感觉将有故事发生了！我的思维开始激荡！便顺带找个地方坐下，带着好奇认真百度心中的疑惑：

我因此认识了吴大澂等人！

吴姓乃苏州大姓，不知道吴兆骞之吴与吴大澂之吴有什么渊源？清初吴江吴兆骞因科场案流放宁古塔二十余年，在当地写诗著文、传道解惑。两百多年后苏州吴大澂来到宁古塔，整饬边防，开禁垦荒。最为人所称道的是，在后来的珲春勘界中，吴大澂作为钦差大臣不辱使命，舌战沙俄、据理力争，捍卫国土尊严、通航大海，成为民族英雄！其"疆域有表国有维，此柱可立不可移"誓言，惊天地、泣鬼神！

2023 年深秋，因为吴大澂，当友人邀我东北一游，我欣欣然决定到祖国的最东边拜谒书本上认识但不曾谋面的著名地方。

这一次，我走得很远，我来到了中国"东极"抚远市、抚远三角洲黑瞎子岛；到达了著名的黑河市、黑河市瑷珲古城。

常年内地生活的人，对边境、边界充满好奇！但当我第一次站在汤汤黑龙江边、清清乌苏里江旁，脚踏边境地，凝视边境线，眼望咫尺对岸另一个国家的山川、树木、城市、乡村的时候，我突然感到了窒息，热血开始沸腾、毛孔开始咸张，泪水似乎也要喷涌而出！置身此地的我内心翻江倒海。

黑龙江边瑷珲天市公园特别树立了一座瑷珲将军雕像：瑷珲将军伟岸挺拔，按剑凝视前方！雕像自然是后人所立，其目的是要展示瑷珲将军保卫家园视死如归英雄气概，其目的是要警示后人永远不要忘却一段屈辱的历史！

首任黑龙江将军萨布素，武力抗击强敌屡获胜利，乃民族英雄。据说将军逝世后，灵柩回家路上离奇遗落牡丹江不知所终。难道是萨布素不屈的英魂意欲随黑龙江水万古混同永守边疆。

很遗憾我到了牡丹江、牡丹江的宁安，却没有机会继续东去珲春一睹著名的土字碑及图们江口。珲春防川风景区也有一尊雕像，那是吴大澂的雕像。吴大澂是清朝著名的文人、金石学家，因文星璀璨而受尊崇。但此雕像是纪念吴大澂依凭一介文人身份、武将气概收获捍卫国家领土尊严的赫赫功绩：是故吴大澂雕像自豪地面向图们江口，那是他的丰功伟绩所在！基于此，我慨然觉得所有瞻仰吴大澂雕像者的心一定是欢快、舒畅的。

今天，当我们生活在一个崭新的时代，当我们庆幸自己有幸生活在新中国，庆幸我们靠勤劳享受幸福生活的时候，我们怎能忘怀血性男儿的家国情怀，怎能忘怀捍卫神圣国土的千秋伟业，怎能忘怀无数为中华民族伟大复兴献出青春、智慧、生命的有名无名的先辈们！

他们让我肃然起敬！

爱情曲线

年轻人有爱而快乐。

只要认真梳理，年轻人的所有言行似乎都可以从"爱与被爱"那里找到最原始的线索。

爱与被爱是人的本性，因为爱与被爱，年轻人在爱的道路上一路狂奔：一个男人钟情一个女人，虽身处炎热夏天立马心生清凉；清凉是暑天生发的快乐，男人前行的战鼓。闻鼓声而进，男人力量满满，成名成家，扬名立万。一个女人心仪一个男人，虽立呼啸寒风顿觉温暖过身；温暖是女人冬天收获的幸福，温暖是女人收心的鸣金。闻金声而退，女人心生依附，做妻子、母亲，与心爱之人比翼双飞。

然爱与被爱既然狂奔于路，路上气象便百变千幻！人类无奈而矫情地为人间爱情定制了各种自以为是的范式：忠贞，唯一。成功者：爱情甜蜜、人生幸福，毕竟有一见钟情并白头偕老的人间爱情故事；失败者，爱情消融，欲望落空，毕竟随处可见爱有多深恨有多深爱情谎花的盛开。依着理性规矩的爱情虽不甚完美，往往岁月静好，动乎情的纯真爱情虽曾海誓山盟，往往可能是导火索的燃烧。

爱与被爱没有决胜宝典，岂不亵渎了爱情的圣洁？摧毁了神仙侠侣的幸福？

是，也不全是！但是，正是因为年轻人从没有在爱与被爱的进行曲中停下脚步，人类社会的景观长廊，才是形形色色爱情、婚姻、家庭百变模样！如果满眼都是至善至美或者至恶至丑的结果，爱情、婚姻早寡然无味于人间，哪里还有说不尽道不绝的爱情、婚姻、家庭的千古传奇如尾生抱柱而死，司马相如卓文君"当垆涤器、卖酒临邛肆"，元好问发出的"问世间，情是何物，直教生死相许"千古奇闻让少男少女不能自已？或者如秦香莲、如杜十娘、如萧红等女子的悲情故事，让天下人唏嘘至今？

爱与被爱是年轻人的专利，是他们心中盛开的最娇艳的花朵，然而因为爱与被爱天然排斥苦难、追求安逸，现实中的爱情之花便往往开着斑驳的杂色，往往是患难中怒放的爱与被爱，苦难却珍贵；安逸中娇养的爱与被爱，却易枯萎、消亡！

苏轼曰："人有悲欢离合、月有阴晴圆缺，此事古难全！"

从"天地合，乃敢与君绝"，到"一日不见兮，思之如狂"，再到"执子之手，与子偕老"！年轻人的爱与被爱恣意纵横，天花乱坠。然而当婚姻、家庭、事业走上前台与爱共舞，特别人到中年，爱与被爱开始逐渐脱去稚嫩，因爱生情，人间爱情开始成为中年人人生大戏的主角。

世界很无奈，但凡珍贵的东西，最容易失色甚至凋零。例如新鲜，爱与被爱的光华四射新鲜得给力！然而，不管是乡村人家迎回的小家碧玉，还是富家显贵宝马香车娶到的名门闺秀，自两个缠绵悱恻的鸳鸯好合的那一天起，新鲜就开始似漏斗不断流失，尽管有时流得很慢，但从没停止。王国维曰："最是人间留不住，朱颜辞镜花辞树。"身不由己、生活不由己、容颜不由己，眼看着爱与被爱的清水被时间点卤成混沌、浑浊，是人都很着急！

为什么会这样？爱与被爱是时间的函数，时间让年轻人个人空间的单纯，变为两人、多人、社会的复杂；年轻人无忧无虑爱得快乐，被爱情的责任与担当代替：简单、纯洁的男女之爱与被爱、理想中天花乱坠的生活开始变得时而祥和、时而惊涛骇浪；可能鸳鸯蝴蝶，可能劳燕分飞；时间让新鲜失水、让红润失色，让爱与被爱的力度松弛。

爱在消逝，爱情何为？

人到中年，时间、岁月让爱与被爱胶水般脆化，爱与被爱因此变得乏力的时候，情的生发、发力，让爱与情开始联袂以应对生存、生活。中年人的独特魅力正是在爱与情的互动中上演了中年人为长辈、为孩子、为朋友、为事业忙忙碌碌的悲喜剧。

年轻人甘愿为爱与被爱死与活，中年人的爱情却必须直面生活的风雨，有彩虹的美丽，也有狂风暴雨的残酷。中年夫妻因此往往以三种形态你挤我拥成人间万象：一者，岁月悠悠，时有多长，爱有多深，他们是理想的人间模范夫妻；二者，爱真实地减少，情大幅地上升，爱的滋润被情的纵横代替，虽看似平淡无奇，却是人类世界众多夫妻的真实世相；三者，爱蒸发尽净，情没有出现，或者情虽然十分强大却因为诡异的外来之爱的光顾、搅局，大难未到，爱情鸟就已各自分飞。

为什么中年人的爱、情及联手后的爱情力量，全然不是外来之爱的轻轻一吻，以至于外来之爱瞬间怒放，再度怒放，三度怒放？

人类对此束手无策，只能说中年人的爱情虽美艳却悲怆！

老年人爱的呢喃让人叹息。

即使爱曾海誓山盟、事业曾比翼齐飞，人终要老，爱也会白头。当爱与被爱之花枯萎，爱情无能为力的时候，人的暮年至矣！

如果说年轻人的爱是肆无忌惮的得到；中年人的爱是一半得到一半付出；那么，老年人的爱则变成了彻底的付出。

得到是人的本性，付出是人的不得已，那么，老年人的爱情为何成了彻底的付出？

当一切有助于老年人生存的外力基本丧失，生命延续只是人间道德的关照，谓之人的老年！生很难，死也很难，活着一旦成了老年人生存的唯一目的，也成了生物最大的不幸！

爱的年轻漂亮、美丽动人早已远去；爱情管控的亲情、事业已经尘埃落定，老年夫妻之间的生存空间塞满了亲情、友情、怜悯情、沧桑情、感激情、互助互利情。不能说老年夫妻因为人老而没有爱，但老人之间的爱、旁人眼中的老人之爱，不再感性而理性，变幻为"纯情"的化身。"纯情"成为老年夫妻的全部，老人生存的基本依靠。常言道，少年夫妻老来伴。夫妻为伴，是婚姻的幸福也是生活的结果。所谓伴：不就是一起过日子、一起吃穿住行言的人吗？自然不是，这里的伴不是简单的临时搭班、短时间的结伴而行，而是把生命互交对方的彼此信任。

老年人的情不再是简单的道德高尚，而是彼此需要对方付出的无奈！如果一方没有、不再付出、不能再付出，老人既没有了爱，也没有了情，就像大地没有了太阳，满眼都是黑暗。

某一天，当一对年轻人驻足、羡慕老年夫妻鸳鸯蝴蝶般爱的浪漫的时候，谁知道他们不是爱得死去活来，而是涸辙之鱼相濡以沫？

人间爱情，形式各式各样，却都沿着爱、爱情、情的轨迹生发、高潮、落幕。有波澜壮阔的，有亲密无间的，有天长地久的，有昙花一现的，其中酸甜苦辣，唯当事人明白！尽管如此，今天太阳落下，明天太阳照常升起；人间爱在继续，爱情在继续，情也在继续！

消费文化

随着社会不断向前发展，人类文化不仅在质量上得到了不断提高，品类也出现了高层次的追求。

文化由人创造，人离不开文化。人离不开文化的现象，可以称之为人消费文化的过程。

传统意义上的文化消费显然是指为满足人的生存而产生的消费，可以称之为生理文化消费。由于生理文化消费是人赖以生存的物质基础，所以生理文化消费信息量大、历史悠久、历久弥新。

但人之为人，除了追求生理满足外，还要追求心理满足。在物质财富贫乏时代，人既然吃不饱穿不暖，心理满足往往并不为人重视；但在物质财富丰富甚至异常丰富的时候，生理满足与心理满足开始齐头并进。古人言："仓廪实而知礼节，衣食足而知荣辱"，讲的就是这个道理。实现生理满足必然产生生理文化消费。同样，实现人的心理满足必然产生心理文化消费。

心理文化消费与生理文化消费有相同点也有不同点。

生理文化消费是人类为生存而实施的主动行为，具有可持续的特点：只要人类存在，消费便永不停歇。而为了扩大消费，除了鼓励人积极参与生理文化消费外，还会通过各种办法特别是科学技术的进步来提高人生理文化消费的数量与质量。

心理文化消费是人以人间信仰、生活理念等非物质文化作为消费对象来获得人类个体心理安适、精神愉悦的消费。它包括对信仰文化、荣誉文化、休闲文化、旅游文化、健康长寿文化等满足人类心理需求的各种文化的消费。

表面上看，心理文化消费以人类形而上学的精神、理念为消费对象，至少表面上看起来好说但不好做。实际上，心理文化消费不单纯是人的心理活动过程的满足与不满足，而是伴随着大量的物质消费并自然能成为拉动生理消费的特殊文化消费形式。也就是说，心理文化消费既有理念消费自觉也有物质消费实践。同时，因为心理文化消费具有鲜明的时代特征，如果说在物资匮乏的时代，人类心理文化消费是必要的但却不是必需的；但在物资丰富的时代，心理文化消费不仅是必要的更是必需的！只要人类生理需求获得了充分满足，人类就会自觉地开始消费满足人类精神愉悦、荣誉获取、信仰追求、生命长寿等领域的心理文化并自觉实践献身信仰、追求荣誉、全民健身、休闲旅游、公益事业等满足心理安适的人类事业。

由此可见，心理文化消费不仅能直接、间接拉动国民经济发展，而且与传统生理文化消费比较，心理文化消费带动的生理文化消费凸显事业长久、绿色环保的特点。例如，国民为实现精神愉悦的目的，就会主动去实践一切使自己精神愉悦的活动。旅游活动既能愉悦人的精神，同时又能拉动物质消费有利于国民经济的发展。同时，心理文化消费以消费人类的精神价值为特征，由于人类的精神价值能锻造人的世界观、方法论、伦理道德，所以心理文化消费具有指导国家经济发展特别是国民物质文化消费方向的作用，使得心理文化消费不仅能成为正确驾驭国民经济发展"三驾马车"的"车夫"，更是拥有能拉动国民经济发展的"第四驾马车"的强大能力！

国富民强是人的理想，国家除了继续创造、增加物质财富以满足人的生理需求即实现生理文化消费外，更要顺应时代发展，积极响应文化消费新的需求：大力发展满足人类心理满足的人类新文化；倡导、培育、实践人类心理文化消费，让人的心理文化消费成为与人类生理文化消费比翼齐飞的文化消费习惯。

"好吃懒做"的理想

人的一生，只要他/她曾来过，就必须接受生命的指示，听命于生命的驱使！

生命给了人什么指示？生命驱使人做什么？

回溯人类发展即使短暂的一瞬，劳动最光荣。既然只有劳动才能活命，还有什么比劳动更光荣的事呢？

付出是人的体力、脑力，时间的耗费，有时还可能流血甚至搭上性命。

事实证明，人类的努力没有白费。人类发展由低级到今天的相对高级，再到将来的更高级，时刻变化的是各时代人类为实现心中理想战胜自我、改造自然、收获成果的方式方法：它们更成熟、更高级、更精密，给人类生存带来了前所未有的友好界面。不变的是人类从没放弃并为此不懈努力的初衷：上下五千年、东西南北中、三百六十行，人人为实现理想而努力，汇聚成了人类社会发展的泱泱大河！

今天，由人类主导的科技发展已蔚然成眼花缭乱、无所不能的进步大势。科技为人类创造了巨大的物质财富，满足人的吃穿住行。未来，高度发达的科学技术还将进一步佐助人类实现衣食无忧又舒适安逸的理想。例如，依靠科技水平整体提高，特别依靠当今、未来威力无限的人工智能，譬如各种智能机器人的加持，人类将不同程度实现不必事必躬亲就能生存的理想：依靠所拥有的各种智能机器人代替人种地、开车、炒股票；代替人发明创造、守卫边疆……到那时，不仅缺衣少食的生存状态开始与人渐行渐远，人类甚至可以不必亲自做饭、扫地……也能身体健康长寿、万事心想事成。至此，人类显然已经发展到这样的高度：也许有一天，劳动是人类幸福生活的必需，却不再是人类基本生存的需要！

但人类在这种幸福中也许会产生这种想法：会不会发生什么大事？灾难会不会降临？人类会不会因此在幸福中痛苦、在欢乐中夭折？人类千辛万苦换来的如此成就，到底是人之福还是人之祸？

人对自我生存方式提出疑问、心存疑虑，是不是杞人忧天？

杞人忧天并非空穴来风，底气不足并非庸人自扰：今天，高血压、高血糖、高血脂"三高"等已经在吃喝不愁的人们中间高发；痛风也在人们中间开始泛滥！这些因为"吃得太好、动得太少"而产生的疾病不仅开始严重摧残人们的身体，降低人们的寿命预期。人们产生了某种错觉：没吃的，人会缺少营养而生病！为什么穿暖了、吃好了、营养丰富了，人也会生病而痛苦而折寿呢？刚刚感觉生活美好，就被"吃得太好"反噬，是不是心理出现了问题？如果说不是！但"富贵病"的产生就是因为人"吃得太好、活动太少、好吃懒做"而带来或者说因为"吸收营养太多、能量消耗太少"所造成。而要少得、不得这些所谓的"富贵病"，就必须强迫自己运动或者克制自己大吃大喝！为此，人有理由好笑：昔日没吃没穿，"劬劳"的人不能享受长寿，这跟自然界的因果关系、能量守恒规律一致；如今有吃有穿，人却因为不动、动得少而生病折寿，这与自然因果关系、能量守恒规律相悖呀！

如此，人类还有努力的必要吗？呜呼哀哉！难道人类数千年来苦苦追求的，到头来竟然是人的欲望挖就的坑害自己的陷阱吗？

只能说，人类的生命密码并没有被解开，并不明白身体真正需要什么！人类今天自以为是的生活理念、方式方法看似美妙，却可能只是今天认知能力内的人类生存"真理"，不一定是生命认同的真理。那么，当人类思维模式、幸福范式、能量制式、身体机能还来不及做到与时俱进的进化——人类至少还没有进化出能适应营养充足的生存基因，人类突然撬动并实现了"非正常"高速发展并开始享受超高速发展成果，必须承担超前享受带来的生存痛苦。昔日人们深信不疑"自然选择"，而此时的人类似乎成了非自然选择的存在。那么，如果说危害生物生存的恶劣环境可以瞬间消灭一个物种，例如几千万年前，一场巨大的生存环境变化，将不可一世的陆地之王恐龙赶尽杀绝。由人类主导的人类生存环境大变化——虽然它不是恶劣的生存环境，而恰恰是太过优渥的生存环境，会不会产生同样的恶果——即使它不可能带来断崖似的结果，会不会给人带来慢慢的伤害直至最后？

　　说到这里，针对貌似可望而不可即却又似乎近在眼前的理想，我可以大胆得出一些浅显的结论：是猜测，也是展望。

　　获得既然是动物的本能，人类苦苦追求的理想，导致"吃得好、动得少"而让人遭受痛苦，只是当下人类认知导致的结果，并没有生物学上的真实意义，更不意味人类只能过苦日子、不能过好日子！

人类未来努力的方向，必须一如既往地继续揭秘万事万物的真相；一如既往地继续发明、发现全新的生存理念；一如既往地创造软硬件条件。依凭坚强的意志，忍受快乐中的各种痛苦，等待"不适应营养不足也不适应营养丰富"的生命基因发生突变或者慢慢改良并随时准备迎接人类新时代的到来！

我坚信这一天一定会到来：当今天认定的人类欲望陷阱最终消失，人可以自由自在吃好、喝好、玩好而没有所谓"富贵病"打扰。

节约与消费

节约是人类诸多美德中最有价值的大德之一。

今天的中国，温饱的问题早已远去。过去想都不敢想的奢侈产品，寻常百姓早已寻常地享受了。例如，汽车近乎普及地使用，部分农民进城买房等，这让曾经是穷怕了的中国人多么高兴啊！

但是，节约是人类对人的自然欲望主动的压抑。如果说在物资匮乏的过去我们崇尚节约，民族得以生存，文明得以延续，节约成为美德。那么今天，当国家足够强大，人民足够富裕，而且当拉动内需消费关系到国家安全的时候，我们依然提倡节约。

或有人曰：消费不等同于浪费。经济社会，消费是经济社会发展的动力之一，是强大国家、保护自我的有效手段。有人认为节约不仅与浪费对立，也与消费形同路人，因为节约的本质就是"排斥人的自由消费"。这当然是片面的。

　　显然，必须在消费与节约之间找到一个平衡，这种平衡不以刻意压制、限制任何一方为代价，而是让节约与消费在相互促进中获得社会整体发展：消费时不忘厉行节约，节约是为了更好地消费。

　　为达到这样的目的，人类必须在以下三方面下足功夫：

　　一要实现国民认识的进步。限制过度的、无意义炫耀性的消费是必须的。消费是人生存、生活的基本需求，虽然各地人们的消费质与量不同，但它绝不应成为无意义攀比、炫耀的资本。否则，大量此类消费不仅会产生浪费，而且会加大反感。因此，通过对此类消费的适度限制，还原消费本质，彰显可持续发展精神，让消费与节约成为兄弟而非敌人。

　　二要建设创新、能创新的社会。加大资金投入，通过科技创新，以较小的资源消耗，满足人不断增长的消费需求，实现国家 GDP 质量与数量协调发展。那么，这样的社会既是节约社会，也一定是发展动力强大的社会。为确保国家可持续发展，通过加大教育、科技投入来实现科技创新、产业升级换代，实现少投入多产出的 GDP 质量增加，消耗较少的资源获得产出的最大化、GDP 数量提高，既保证了可持续发展，也彰显了节约精神。

三要提高国家整体实力。国家是人民的国家。国家发展的最终目的是让国民过上幸福的生活。为此，国家不仅要有基本的福利保障制度，还要拥有相应的物质支撑实力。

然而新的矛盾又出现了！当今世界正处在不均衡发展过程中，贫富差距问题仍然存在。让消费与节约的运行轨迹远远偏离人们想象的轨道。

显然，节约是应该的，因为节约能让国家实现可持续发展；消费也是应该的，因为扩大消费能拉动经济。

那么，如何才能做到在提倡节约中扩大消费或者在扩大消费中厉行节约呢？需要我们不断探索。

或许是这样，对经济社会，所有处在相互竞争中的国家、行业、个人，消费与节约行为以自己独特的魅力、作用而为人看重。之所以这样，是现实的需要！

看似简单的人间言行，其实不那么简单，至少在相当长的时间内，谈"消费与节约"准则，消费与节约是促进、保证国家稳定与进步的可用方法。

面　子

常言道，人活一张脸，树活一层皮。这里的脸，是指人真实的脸，更是指一个人的面子。

所谓面子，是一个人各种能力集合后拥有的能量场，是助人生存的特别能力，它像电场、磁场，虽然看不见，却具有强大的力量。

面子也不完全是人们常说的一个人拥有的软实力。更准确地说，因为某个人有、曾经有过强大的软、硬实力，哪怕他此时此刻远在天边甚至已经不在人世，他依然拥有让人羡慕的特别能力。

因为面子的存在，人或者他人可以依凭人的面子干想干的事情、干成想干的事情，颇似一个人手持先斩后奏的尚方宝剑、调兵遣将虎符行事得心应手、酣畅淋漓！

因为此，人要面子。

面子如此重要，人世间为面子而斗争的人事贯穿于古今！反过来说，一个人如果没了面子或者别人不给面子，问题就会很严重，小则喝水塞牙，大则可能因此影响到人的生存！

一般动物依靠自然生理的力量生存，强者存，弱者亡，没有什么面不面子的问题；人则不然，人当然要有过人的软、硬实力纵横驰骋！但人是社会的人，不可能事必亲力亲为，如果有面子的能量场存在，便可以不用面对面直接交手：他人听到你的命令、看到你的信物，甚至打着你的旗号就能办成你要干的事情或者冒你的名去干，你不愿干的事情！

面子如此重要，如果说一个人技不如人缴械投降不丢人，但必须维护、争取自己的面子！子路坚守"君子死而冠不免"；项羽因为"无颜见江东父老"而自刎。古今多少大事小事都起因于面子或者跟争面子有关。

面子如此重要，人如何才能有面子？当然，面子重要却并非万能；没面子固然难堪，有面子亦非事事如意；或者不给没面子的人、有面子的人面子；或者给了有面子人、没面子人的面子，可能是好事，也可能是坏事，都未可知！

面子如此重要，就必然出现装面子的人。

面子即为荣誉、能力，一般来说，为让自己有面子，人必须终其一生不懈奋斗以便在不同场合为自己争下一个个宝贵的面子。但面子是实力的较量，如果一个人没有"一览众山小"的绝对实力，能否争到面子很难说，而且可能因为挣不到面子而彻底失去面子。如此一来，没有实力挣到面子而又爱面子，人间就会出现没面子而装面子的人：狐假虎威是一种形式；华而不实是另一种形式。然而，既然刻意装着有面子，却因为装面子的人实在没有能力使自己拥有别人认可的面子，招摇撞骗的结局是什么呢？要么被一棒子打回原形；要么为了维护自己虚假面子必须动用其他资源来助力自己没面子装面子的勾当，成为"死要面子活受罪"的人，装有面子者最终面子全失！

同时，表面上看，面子是因为人有能力而拥有，实际上，一个人的面子是别人的特别赋值——即使你没有面子。因此，给人面子或者不给人面子便是人生重大问题！

给人面子，特别在重大场合给了人面子，即使给了那些技不如己的人面子，就是给了人家吃饱穿暖的机会。如此给人面子，一般来说，意味一个人成功地为自己未来人生交了一份有用的保险；当然，给人面子的人可能会得到投桃报李的回报，也可能是在助纣为虐！因此也可以说，给人面子的人也要为自己的言行担负一定的责任！

　　不给人面子，特别在重要场合没给人面子，便如在对方的伤口撒盐、打人脸面：做下了人家不能容忍的事情。古往今来，这方面的教训尤其多而且无比深刻！

文化管窥

我们的头顶有两颗大的星星，一个叫太阳，一个叫月亮。

太阳光芒四射。没有太阳，就没有生命。太阳以伟大的德行施惠苍生，理应得到人类最崇高的礼赞！

月亮本来黑暗，借光在黑夜为人送来柔柔的月华、照亮人之前路，月亮因此走进人心、获得些许赞赏也未尝不可。

既然如此，自然找不出月亮媲美太阳的更多证据。然而奇怪的是：自古至今，月亮收获的礼赞从不比太阳少！特别地，如果从人类情感领域搜寻，以月亮为主角的人类思维、思维成果时而慷慨激昂、时而美艳凄婉，无论质量还是数量，都让月亮远比太阳更为出彩！

中国传统节日种类繁多、名目各异，但每个节日无不都是中国人最美好的东西展示的场所：吃最好吃的东西、穿最好看的衣服、说最吉利的话语。也就是说，中国节日的魅力，在于节日向人展示了人类美好生活的极致。故中国家庭天然拥有节日的仪式感、崇拜感，都必须集一年的精、气、神把每个节日过得热热闹闹！

自春秋战国百家争鸣始；到汉朝散文、诗赋；到魏晋诗赋、小说；到唐诗、宋词、元曲、明清小说以及各时代的诸子学说，中国传统文化中的形象思维成果极富浪漫主义、理想主义色彩，极尽形象思维之能事，把人类美好生活的理想提炼、升华到极致难有出其右者。

满月是中国人幸福圆满的意象，唯十五团圆的月亮为中国人代代咏唱不断；新月——有人说它饱含希望、象征新生，但中国传统文化则认为新月是残月，是人间破碎、离散的标志，与人类幸福生活南辕北辙；西方著名雕塑残臂维纳斯，人谓之有无与伦比的形体之美！而中国传统文化中，认为残缺不仅不美而且不吉利，只要出现可能的残缺，必以修缮完备为要！当然，如果还要念兹在兹，以中国传统文化的视野为"残缺美"找点存在的理由也不是难事：残缺虽不是美，却是最能激发人之情感的特别媒介——偶尔的不团圆、不完美，能引起人们对团圆、完美的无限向往。于是，观摩断臂维纳斯可以让人起珍惜健康、珍视美的特别感情。

中国传统文化不仅博大精深、包罗万象，以上管窥与管窥之见，亦足以表明中国传统文化有坚韧的自我内在定力：赞美强者不忘扶持弱者甚至给弱者更多的赞美；旗帜鲜明标定人类幸福生活的应有模式，树立人类前行的崇高目标，实践人类最美好的生活蓝图！

或许有人会问：中国传统文化为什么是这样的呢？

经济与文化是国民幸福的双翼，虽然每个国家都在做国民幸福双翼强壮、协调发展的努力，然而事情并不那么简单！

无用功与有用功

初识功，自然在中学物理课堂上。

老师说，功可以这样描述：将重物从 A 地搬到 B 地，出力流汗的搬运工做了功。如果搬运工接着又将重物从 B 地搬回 A 地，尽管他再次流汗出力，搬运工没有做功。

老师还说，不管搬运工多么辛苦，只要重物没有 A 到 B 的位置移动，他不仅做了物理学上的无用功，还可能因为时间上的耽误，损害了相关人的利益，搬运工还将受到某种惩罚！

老师最后说，搬运工如此做 A 到 B、B 到 A 的重物往返搬运，如果不是为了搬运东西，而是为了以此锻炼身体、以此向别人展示力量，则搬运工虽做了无用功也是做了有用功。

可见，功虽有科学上的严谨，也可以是人为的概念。而且从某种程度上说，只要与人搭上某种关系，本来无生命的功却随时可以改变颜色、改变身份，而非总摆着非 1 即 0 的严谨、呆板的面孔。

人生艰难而又短暂，如果我们把人的一生当成做功的一生，做有用功、不做无用功是人的基本生活态度。人类为了发展，无不为持如此基本生活态度的人准备了前进路上大大小小的鲜花，随时准备送给努力做有用功的人。

然而，虽然理论上我们每个人都必须在人类褒奖的真、善、美框架下做有用功求生存，但是因为物质的有限性、个体之间的差异性、环境的多变性，认真做人做事做有用功，看似解决问题的正确办法，有时候却并不是达到目的的最好办法；而适当地、特别地、故意地做些无用的功，看似犯傻，最终却实现了有用功的高效率。

这方面的经验，清代词人项鸿祚是这样总结的："不为无益之事，何以遣有涯之生。"这里的无益可以理解为无用，无益之事可以理解为无用功！

项鸿祚是文化人，他不可能不知道什么是无益事，什么是有益事。因此，单凭这句话，似乎可以认定项鸿祚乃胸无韬略、心无大志之人！但是，慢斟细酌古今，翻阅历史篇章，发现项鸿祚不傻，而是聪明、练达、高情商的人，是真正参透了人类螺旋式发展规律的智者。

从不做无用功，自己认为永远在做有用功的人，盖棺论定的结果，并不在于他自编自说如何漂亮，而是有赖于别人的评价，有赖于事情的发展态势与结果。

那些认为自己做无用功的人，不代表智商低、能力弱，他们往往是为保护自己、为再次冲锋做准备。

为此，在这里可以说：很多有用功其实是无用功，很多看似无用的功却是真正的有用功！人的一生，就是在做有用功、无用功的过程中度过生命的每一天并或快或慢推动着发展。

可以简单举例以佐证所下结论。

读书人信奉知识改变命运，本以为自己读了很多书因此能心情愉快，生活美好。然一生走下来，却发现自己头上竟然箍满了紧箍咒让人活得并不舒坦！书读得很多，道理懂得很多，做事想法很多，它们却像无数紧箍咒同时发力，竟然让并非至善至美的自己做事跋前蹇后，甚至做不成事而痛苦不堪！这应该是一些文化人缺少快乐的原因吧。

人生短暂，谁也不能保证奋斗者一定能获得事业成功，事实上很多人因为各种原因很难获得成功。怎么办？继续奋斗吧，别人不看好你；放弃奋斗吧，自己又心有不甘！这时候，适度的"示弱"是必要的，看似无用，却是最有用的无用功：那是胸有大志者以时间换空间图他时成功的最好方法！

人是动物，不是天然的苦主。人奋斗的目的是生活美好，否则，只知奋斗，没有片刻的自我愉悦，哪里是真正奋斗者的人生？

无用与有用是辩证的，自然人间无用功与有用功也是辩证的。人的一生到底如何做功，做了哪些功，并非全是人的自愿，而是人性角逐后的近似折中的结果。那么，人的责任，社会的责任，就是一方面宽容自己的、别人的无用功与有用功，另一方面又要管控他人的有用功与无用功对自己、对他人、对社会带来的不利影响。

如此一来，人一辈子，无限的社会发展，无不似星期六早晨出门到公园锻炼身体的某个人的言行：出门戴副墨镜；看手机踩了一脚泥；看见路上有趣的人上前搭讪却自讨了没趣；临进公园准备跑步却因为有急事需要处理转身回家……

也谈创新

一切有利于人类又有别于人类既有的方式方法、思维理念都是创新。

自人类出现，生存竞争从没停止，创新便成为人类生存的依靠，更好发展的希望。

小时候总听老师说要我们展开想象的翅膀去思去想，似乎人的想象力就像鸟的翅膀，只要想飞就能自由飞翔。实际上创新很难！人的创新能力首先受人的天资制约：只有最聪敏的人才可能创新。愚钝者搞清楚、掌握既有都成问题，哪里有能力创新？再者，人的创新还受人类既有知识的束缚：既有知识是人生存的基本技能、少走弯路的知识储备。但既有知识也可能成为人前行的羁绊：它会让人变得懒惰，就像老马虽能识途，却再也找不到一条新的更好道路。是故雪中送炭的颠覆性创新成果很难产生，锦上添花的技术创新同样不易获得。

创新既然不容易，褒奖创新者与保护创新者利益便成人类的自觉。为此，五百多年前，世界上第一部专利法因此诞生，立法以保证专利拥有者的利益并以此吸引更多人投身创新事业便很有必要。今天，如此理念、做法没有改变，而且尤其深入人心：谁创新、创新能力强，谁就拥有财富与荣誉；谁忽视、无视创新就必然落后。

然而创新很重要，创新却不一定必然获得赞誉！

剽窃他人知识产权自然要接受法律制裁，但如果说创新得不到礼赞，创新之成果被人无端弃用，是不是有点匪夷所思呢？有这样的怪事吗？21世纪，某国就曾借口某高科技产品威胁国家安全，举全国、联盟国家之力联合打压一家世界著名高科技公司及公司高科技产品，光天化日之下展示其极端自私的嘴脸！可以这样说，不管时间再过去多少年，人类都将永远记住：为了私利，违背公平公正道德，打压人类创新精神。

创新很重要，创新却不一定让人都感到愉悦！

创新的过程和结果并非总是鲜花簇拥。创新是新东西出现，旧东西被抛弃的过程，创新者自己不仅要付出体力、脑力劳动，甚至付出生命。而且人类创新的成果也并非全都利于人类，反过来自噬人类并非天方夜谭，例如无数用于战争的各种新式武器的发明、创造、使用！

创新很重要，创新也会给人类带来困惑！

从技术层面上说，创新有天马行空的自由，但对人类社会发展来说，综合界定创新的边界有时也是必要的。没有创新，社会发展可能要慢一些，但再慢的发展总要优于冒巨大风险的进步；或者说疾风暴雨式的创新性发展不一定优于和风细雨、温柔慢速前行。换句话说，对人类来说，如果创新并没有火烧眉毛的急迫，早一点获得某种知识、技能，晚一点获得某种知识、技能，其实是没有多大区别的！然而，话虽这样说，对某个国家来说，特别对某个特定时代的国家来说，有创新没创新，重不重视创新，国家是不是创新性国家，情形却大不同。否则，后果可能很严重！

欲望与生命

　　人有欲望，创建了各种认识自然的知识体系，发明了各种与自然斗争的软件硬件。为了更好地满足欲望，人在褒奖欲望正当索取的同时，又自觉颁布各种条例、法规等规矩以约束人类欲望的恣意索取。

　　不给欲望以满足，生命无法生存；生命追逐欲望的同时，因为不凡的付出，必然会不同程度失去生命中最宝贵的自由、快乐、健康甚至生命。可见，欲望既是生命存在的基础也是危害生命的刽子手！但身心受伤、生命死亡是欲望不能越过的红线，决定人的欲望满足无论如何不能突破危及生命的度，也就决定人类必须依凭这个度对欲望加以鼓励或者限制。

　　如此一来，人的一生无论是精彩纷呈还是黯淡无华，都是欲望与生命角逐后的结果：在生命的前半程，欲望总是呈现出势不可挡的斗争态势，生命也以自己最大的能量为欲望摇旗呐喊、攻城略地；在生命的中途，当欲望过度膨胀的时候，生命立马接过欲望前行的缰绳，或刹车减慢速度，或停止前进休养生息，不求最好只求不断前进；生命的后半程，欲望便自觉、温顺地低下头颅，接受生命的节制直到生命结束、欲望消失。

可以看出，欲望是生命灿烂的动力但不是左右生命的理由。欲望操纵人的生命，但欲望大小、对错必须接受生命存在的管控！人类既要通过激发、奖励人的欲望使之影响最大化，有利人类发展，又要及时拿出麻醉药、退热针使欲望安静下来不至于危及生命。收放欲望自若者，享受生命动静相宜的安逸！放纵欲望糊涂者，必使生命蒙羞甚至过早凋谢！

世界是矛和盾的世界，欲望与生命相互影响，使得它们成为人类获得进步的最佳搭档：两股异趣力量，看似水火不容，却总是、一定是捉对存在。真实情况是：有时一边能量大些甚至接近绝对大，有时一边能量小些甚至接近绝对小，但永远不会出现一方完胜而另一方不见踪影的现象。更重要的，两股力量总是同时存在并做不断趋于平衡、势均力敌的斗争，却永远不会实现真正的平衡，这是自然的奇妙，人类社会不断获得进步的方式方法！

师生关系解

吾生也有涯，而学也无涯。一个人要做永不掉队于时代的人，就必须活到老、学到老。

学习如此重要，人如何学习才能获得知识、增长才干呢？

当然可以自学，人类的第一个智者自然是自学成才的。然而人要早成才、成大才，光有自学精神与能力是不够的，必须向智者学习。

"国子先生晨入太学，招诸生立馆下，诲之曰：业精于勤，荒于嬉；行成于思，毁于随。"这是韩愈先生著名的《进学解》气势磅礴开篇词。每读之，国子先生不凡派头总让人热血涌起，亦自然觉得有如此派头的人一定是有大智慧的人！不错，国子先生正是我们今天尊称为老师的智者。

古往今来，做智者、当老师从来不是轻易的。古有束脩之仪，今天待遇优厚。智者能过好日子。孔子曰："自行束脩以上，吾未尝无诲焉。"智者既有物质基础做保证，又有精神荣誉做支撑，受人尊重、被人羡慕，快意人生。

有传道授业解惑、好为人师的老师，有嗷嗷待哺、学而不厌的学生，于是世界便出现了一个重要的人际关系：学生与老师的关系，即师生关系。

老师为智者，学生意欲成为智者。显然，师生关系绝不是世间可有可无、时有时无的简单、松散关系，而是不可改变的似父母与孩子甚至远比其他普通关系更亲密、特殊的关系！于是，因为师生关系的存在、发挥作用，我们的世界因此充满了亲情温馨、道德义务、使命责任，人类社会的万千变化也都能从这种关系中找到部分甚至全部答案！

师生关系如此重要，自古至今，人类社会从没有也不敢稍微小觑师生关系。

既为关系，就有好坏、长久之说。作为智者、引路人，老师理应是师生关系好坏、影响力的主人。然而事实却不尽然，而且从某种程度上说，学生才是师生关系成色与走向的主导者，其中的道理很与"莫欺少年穷"的格言合拍！

究其原因，既为受过训练、专门教书育人的老师，因为职业不变，长期产出相同的产品，不仅容易被人贴"上标准化车间工人"的标签，而且他们的成就依赖于学生的成就，其影响力自然是有限的。学生是不同的，可以是咿呀学语的幼儿、亦步亦趋的小学生、似懂非懂的中学生、仅为享受乐趣的老年大学生，但更是心智成熟、能力强大的年轻大学生、研究生。如果说老年大学生尚有"廉颇老矣尚能饭否"的能量再爆发，那么幼儿、小学生、中学生、大学生不仅人数众多，而且由于他们正处在一切皆有可能的变化之中，学生未来德行、成就超越老师不是可不可能的问题，而是多少、大小的问题！何况学生们遍布各地，应对最复杂多变的世界，他们的影响力往往比老师更大、更持久。因此，由学生来决定师生关系疏密、好坏、影响力大小，并非刻意低看老师而迎合学生。

由此我明白了一些道理，只要当老师，因为培养了很多学生——他们当中大多数人自然是平常普通的，但一定有出类拔萃人物的出现。那么，老师必然近水楼台先得月，获得昔日学生提供的诸多成就感并能从师生关系中享受当一名老师的美好感觉。只不过是，由于师生关系的主导者——学生有幼儿园、小学、中学、大学年龄段的不同，心智成熟不一的客观存在，便决定了各时段对应的师生关系疏密、影响力的差别——这种差别本不应存在，事实上却真实存在！

现代幼儿园正式跻身于人类教育体系已有两百多年历史，而中国认识、实践现代幼儿园教育理念亦有一百多年的历史。

幼儿园，是对两岁到五岁幼儿进行习惯、性格等启蒙教育、成长保育的学前教育机构。先前的时候，五岁甚至六岁以前的孩子一般都由父母带着，准确地说主要由母亲带着给予其成长过程中的保护与有限的教育，随着社会分工越来越细，女性社会地位提高，女性走出家门踏入社会成为必然，把孩子交予"托儿所"也就是现今统一称之的幼儿园是年轻父母解放自己的必须。

今天的幼儿园一方面早已不是简单的纯保育机构，幼儿园不仅安全有效地帮忙代管了孩子，而且依靠不断总结形成的幼儿教育方法给了孩子适当的学前教育：教孩子说话、数数唱儿歌、遵守基本规矩、培养良好习惯等。即使最简单的行为习惯、认知礼仪培养，因为非一天一月一年所能掌握，出现上过幼儿园与没有上过幼儿园孩子在小学至少小学第一学年的差别是存在的！影响一定是有的。

虽然学前教育也是教育，幼儿老师都是受过正规教育、专门培训的职业老师。但是，作为师生关系中的一员，幼儿老师的荣誉获得感亟待提升。由于学生的特殊性，管好幼儿的吃、穿、住、行实际上也是幼儿园老师主要的工作，至少与学前教育齐头并进、分量相同的责任。据此可以说幼儿园老师是老师，同时也承担照顾幼儿吃穿住行的保育工作。如果得不到来自学生的认可，自然无法收获付出后的成果，而这些对老师很重要。即使幼儿由不愿上幼儿园，到无比佩服幼儿园老师，再到后来幼儿园走出了很多人才，然而这些昔日的幼儿今天的人才却很少会提及自己起步的幼儿园，很少去看望自己的幼儿园老师！这是很无奈的现象，其实也是自然的现象，因为实在没有更多能影响他们言行的幼儿园记忆。幼儿老师也不必妄自菲薄，既做幼儿老师，默默无闻是必然的，但从来万丈高楼平地起，人才之所以是人才，谁敢说没有幼儿老师教育的功劳呢！

至少目前，幼儿学前教育还不是国家强制性的义务教育。小学是不同的，它是国家规定的义务教育，小学自然仍有继续呵护孩子健康成长的责任，但必须按近乎制式的小学教学大纲施教。

六七岁入学的小学生，身体处在蓬勃的生长时刻，智力处在最简单逻辑分析能力阶段。一切有别于过往的改变，都由老师带来。此时此刻，如果有人问孩子以后要干什么，几乎不用商量便可以听到异口同声回答："当老师！"

针对中学生的特点，中学教育需要做不间断的正能量教育、负能量警示：教育中学生爱国、爱社会、爱家庭、爱自己、有德行；告诫中学生远离低级趣味、避免误入歧途。中学生正处在对社会似懂非懂，知识储备有却有限的特殊时刻，虽然惊喜地发现他们开始独立思考问题了，但他们思考的结果往往不很全面。

如此，做一名中学老师是不容易的，必须既是科目老师，又是道德老师。当然，人非圣贤，在教书育人的过程中，中学老师可以对学生苦口婆心，可以动之以情晓之于理，还可以动用外部力量如家长的配合。

与幼儿园、小学老师相比，中学老师往往能得到比幼儿园、小学老师更多的尊重、更高的荣誉感！原因依然简单，毕竟他们已经开始自主思考问题，明白他们今天的成就与中学实力、授课老师的能力、老师对自己的管束并非毫无关系！于是，他们聚在一起闲坐话当年的时候，中学、中学老师往往会成为他们的话题之一；到中学演讲、看望中学老师便很自然。如果出现中学老师大胆提问题，学生都会踊跃回答！学生成绩一定是这个学校的金字招牌，老师最荣耀的事业。

年满十八周岁的中国公民是国家认定的成年人。十八岁正是中国大学新生最普遍可见的年龄，意味着中学毕业考上大学的大学生具有如下特点：他们是成年人或者一只脚已经踏进成年人的门槛。他们必须能担负成年人应担负的责任与义务。实际上，大学生依靠成熟的心智、充沛的精力、学校为之专门配置的软、硬件条件。大学毕业走出校门，他们继续深造、到科研院所做研究，或进入政府机关公干，入职国有、民营企业服务，意味他们不仅将成为国家建设的主力军，而其中的一部分人更将成为未来科研院所、政府机关、各行业的领军者。

大学老师不是一般的老师，是真正的韩愈先生眼中气势非凡的国子先生。他们是高级知识分子而且不是一般的高级知识分子。一方面，他们肩负为国家培养行业、专业接班人的重任，不仅要在思想上教育学生，还要在学业上教授学生。同时，他们作为高等学府的智者，他们是学校专业、行业的顶尖专家，肩负行业、专业继续发展及发展方向的重任，决定了大学老师既是老师还是学者、研究人员，有些还是专业、行业的绝对大家。

行业管理者需要解决大量实际问题，需要个人业绩成就事业更大发展。高等院校的老师是行业智者翘楚，甚至是受人敬仰的院士。在现代社会中，昔日的学生成为今日的管理者，他们不仅继承了老师的智慧和教诲，更将这些宝贵的资源转化为解决实际问题的能力。正如古人云："青出于蓝而胜于蓝"，这些学生在职场上的成功，往往能够为老师带来更多的声誉和影响力。老师的知名度和专业能力是他们最宝贵的资产之一。通过与老师的紧密合作，他们能够获得更多的信任和支持，从而更容易地推动项目的进展。同时，老师的智慧也是他们在面对复杂问题时的一盏明灯，指引他们找到最佳的解决方案。

还能充分利用师出同门众多不凡弟子的帮助协同解决棘手问题。通过与其他优秀的校友建立良好的合作关系，他们能够形成一个强大的团队，共同应对各种挑战。这种协同作战的方式不仅能够提高解决问题的效率，还能够增强团队的凝聚力和战斗力。

如此一来，极大提高了老师的知名度。老师的知名度对于他们的职业发展至关重要，因为它能够帮助他们吸引更多的学生和合作伙伴。而学生管理者的成功则能够为老师带来更多的荣誉和认可，进一步提升老师在行业内的地

位。因此，我们应该珍惜师生之间的深厚情谊，共同努力
创造更加美好的未来。

另一方面，大学生毕业走向社会，一般都在所学专业
的对口单位工作，为了实现"今天我以学校为荣，明天学
校以我为荣"双赢，单位与学校必定互动频繁；学生与老
师必定联络不断，学校与单位才可能实现"产、学、研"
协同发展。这是现代大学珍视并充分利用校友资源的重要
原因。

由此可见，幼儿老师、小学老师、中学老师、大学老
师都是老师，都是教书育人的智者；面对的都是称呼自己
为老师的学生。大学生是不同的，大学生明白自己为什么
是学生，老师为什么是老师；懂得自己为什么要学习、为
谁学习、如何学习。一句话，大学师生关系是师生关系中
最有价值、最为人珍视的。

在一般人的印象里，上完大学，人这一辈子就不用再
上学了。然而，在现代社会，老年大学时兴起来。显然，
从投入产出的意义上讲，老年大学学习主要不是为了增长
才干以利于社会，而是为了让自己老有所乐愉快生活。因
此，如果说幼儿园、小学、中学、大学老师都是年纪大、
知识丰富的大人的话，老年大学可能正好相反，学生比老

师年纪大正是老年大学的特色之一。

但师生关系还是存在的，学生不必有任何压力，高兴就成。

人是感恩的动物。人间感恩的来由，最初大概是为了自保：感恩别人才能最大可能地获得别人的帮助。而现代感恩，则是人必备的优秀品质谓之美德：以一颗感恩之心说感恩之言、行感恩之事。

感恩老师是中国传统美德的必然要求：一个人从嗷嗷待哺的婴儿到成为睥睨四海的大才，幼儿园老师、小学老师、中学老师、大学老师都是于己有恩的引路人。感恩是人间亲情、友情的具体实践：中国自古都有"一日为师终身为父"的感恩原则！因此，师生关系中的学生，无论什么时候，无论身处什么地位，曾经的学生不仅应该对教育我们成才的大学老师心存感恩而实践之，也要对曾保护我们身体健康的幼儿老师心存感恩而实践之，对教会我们开始认识世界的小学老师心存感恩而实践之，对教导我们如何做人又严防我们走错道的中学老师心存感恩而实践之。

良好的师生关系不仅有助于个人成长和发展，也是推动社会进步的重要力量之一。因此，无论是从历史还是现实的角度来看，构建基于相互理解和支持基础上的师生关系都是十分必要的。同时，社会各界也应该共同努力营造更加公平合理的教育环境，让教育回归其本质——培养全面发展的人才。

第三辑 · 生灵逸趣

赢　家

　　正是下班时间，公交车上坐满、站满劳累一天准备回家的年轻人。

　　汽车到站，拥挤着下去一拨人，又拥挤着上来一拨人，车上继续着拥挤。

　　一个白发老太太挤上来了，单从穿着来看，白发老太太属于有知识的女性或者追求知性的人。虽然车上人挤人寸步难行，但她却坚决地从车头一直挤到了车后门的位置。显然，白发老太太是经常出门的人，人多拥挤自然不方便，站在公交车后门处相对不是那么拥挤。

　　车上人既然大都是男女青年，白发老太太便特别显眼，车后门附近坐着的一个年轻女孩说："老奶奶，您来坐吧！""不了，谢谢姑娘！"白发老太太点头微笑着拒绝了，既没失德也不矫情。"没事的，老奶奶，我站一会儿。"

年轻女孩笑盈盈起身让座，她无疑是真诚的。"姑娘，不用的，真不用的，我一会儿就下车了。"话说到这份上，只剩彼此一笑，女孩特别不好意思地继续坐着，白发老太太像年轻人样继续站着。

一来二往的客气，让车上人听得明白，也让一些人感到别扭：女孩周边没有及时、主动让座的人觉得女孩子做作；稍远的人觉得白发老太太过于矫情。

下一车站到了，上车的人少，下车的人多，车上站着的人便显得稀松起来。

就在后车门发出声响准备关门的时候，一个坐在车尾看手机的大男孩突然弹跳般站起，口里喊着"下车，下车"，腿上也把年轻人的灵活发挥到极致，迅疾的动作几乎可以用呼啸二字来形容！毕竟年轻人多，眼见来势迅猛，便有人顺势躲开，躲不开的也积极做着躲闪的努力。但是，白发老太太没有感觉到正在发生的事，无事样站在后车门处便给了急急下车男孩巨大的阻挡。

"哎呀，给您让座您又不坐，多麻烦！"年轻男人显然觉得白发老太太碍事了，风一样冲到车下的当儿，还把不高兴的话留在了后面。

白发老太太遭到年轻男人不轻不重的碰撞，不高兴地说："你这小伙子，不道歉就算了，还责备我！"便顺势送给年轻男人近乎骂人的埋怨："真是的，没礼貌！"

得亏车门已经关上，得亏车子已经起动，车下的男孩有些不高兴，挥舞着手臂，做追车状。

突然间发生的彼此不快因为没有了继续碰撞的条件，到此，事端该结束了。

然而，事情不那么简单并以另一种情势发酵开来。

原本嘈杂的车厢因为白发老太太与下车年轻人之间的插曲变得安静起来，倒让车外汽车的呼啸声变得特别入耳。这小小的异常，也让已平静的白发老太太感到奇怪，她狐疑而又本能地抬眼四处，发现车厢里的所有人正齐刷刷地望着自己……

突然的一眼对多眼，让满车厢各有心思的其他人猝不及防，立即似阵风吹过麦田，纷纷或移眼他处，或快速埋下头假装看手机。

白发老太太似乎也意识到了自己有不妥的一面。她孤单地、僵硬地站在那里，任车外景致快速移动，脑子却一片空白。当车上喇叭发出到站的提醒并在后车门刚刚打开的当儿，白发老太太毫不犹豫地下了车。

白发老太太突然下车，给了车上人如释重负后的放松，又恢复了之前的平静。

刚才还兴奋的司机，立刻满脸通红还带着些许愤怒。他探头窗外，望飞奔而逝的小汽车大吼一声：你干吗呢？

猫 生

都说猫与老虎不仅同类，而且猫还是老虎的师父。

师父自然要带徒弟的，猫径直把十七般武艺教会了老虎，唯独第十八般爬树的本领私留于自己。于是，老虎固然有本领而威风八面，弱小的猫依凭会爬树的特别功夫，赢得了属于自己的一份尊严。

如此看来，私心并不总是阴暗，有时还是值得自豪的聪明。

猫聪明，然而却还有更聪明的存在。

昔者野猫，因为个头小便被人捉住，几百上千年的豢养，野猫便成了乖巧的家猫，家猫的生存能力虽然远比野猫差，但家猫不仅善爬树，还特别地拥有了一项野猫没有的本领：温柔！

过去农家养猫，是为抓捕偷吃粮食的老鼠。如今城里人养猫则不是或者不再为抓老鼠，而是借助猫的温顺以满足人的获得感。从此，善抓老鼠、性格温顺的猫便能与位居食物链最顶端的人堂皇同住、养尊处优！

猫生辉煌！

然事物都有两面性，人养猫而宝贝猫，亦有宝贝猫被弃而成为流浪猫的。

我们院子的一只豹纹流浪猫已驻守楼前垃圾桶周围很久，而且日子过得尚算有滋有味。

垃圾里有食物，是这只身体壮硕流浪豹纹猫发现的秘密。于是，它几乎在第一时间立志依靠强壮的身体成为享受此处垃圾食品的霸主！何况院子里正好有几只流浪猫，它们的存在及对垃圾食物的定向觊觎，给了豹纹猫实践并实现霸业的机会！

白天是平静的，只有豹纹猫豪横身影的偶尔飘忽；然而，挨晚时则是这些流浪猫的热闹时刻。

此刻，豹纹猫高速冲出，向一只逐渐靠近、意欲从垃圾桶分杯羹的健壮黑猫扑去。黑猫毫不含糊，弓腰、怒目并发出最大可能的怒吼！但誓死守卫的意志远远强过偷偷摸摸的机会主义，黑猫很快招架不住，仓皇而走；来不及享受胜利的喜悦，黑猫刚遁，豹纹猫已箭一样冲向另一只花猫！豹纹猫就这样一对一、一对多、很长时间视死如归大战，胜利者最终得到回报：豹纹猫凶狠的眼神、满脸的抓痕吓退了所有可能的犯境之猫！从此，垃圾桶周围再无其他流浪猫的影子。

豹纹猫对其他猫那叫一个狠，对人类却现出了难得的温柔。

看似豪横的豹纹猫见到人，不管是谁，立即回家般安静起来，以至于但凡人经过它的控制区域，豹纹猫便妖狐样碎步而出，温顺、耐心地在人的腿间穿梭，并发出缠绵的猫咪之声：不管身上是否干净，不管人喜不喜欢！

也许是这只猫用它的温柔打动了人。一个女人给豹纹猫带来了实现愿望的希望。

某一天，出门的女人将自己吃剩的鱼头定向给了豹纹猫。

对女人来说，丢的是垃圾，无所谓特别的赏赐。但对豹纹猫来说，不仅鱼的美味难以拒绝，更感觉到了女人与他人的特别不同，以至于将脑海里美好的过往扯将出来，不能自已！

鱼当然很快吃完，重要的，豹纹猫早已记住女人的气味、女人的一切。它在女人必然经过的地方守望着，像是望穿秋水情人的桩立。

挨晚的时候，女人终于回来了！豹纹猫立刻远远、兴奋地摇着尾巴迎上去，以自己惯常的柔情给女人最真情的迎接！

女人也很惊喜：不经意的举动，竟然赢得了猫的特别注意！猫通人性！

女人继续向家里走去，豹纹猫竟跟着女人走去。当女人进屋，豹纹猫也要跟着进屋的时候，女人却慌了，她决绝地跺了脚，又狠心地抬脚吓唬豹纹猫离开。豹纹猫蒙了，就在它迟疑的一刹那，女人迅速地完成了进门、关门的动作，把热血沸腾的豹纹猫留在门外不知所措！

但豹纹猫并无怨言，长久的流浪生活，让它并不在意多一天少一天的如意或者不如意。它当然不知道女主人为什么这样做，它觉得今天能与女主人进屋的。但是，自己既然终究不能进去，那就是还没到进去的时候，还必须耐心等待时机。

不让进门的残酷，并没有改变豹纹猫门外世界的温柔，不仅如此，豹纹猫挖空心思，想象自己就在女人家的窗台上。

女人都是心慈的。突然一天，女人家的窗子开了，半条没吃完的鱼便径直放到窗台："吃吧，宝贝！"女人像天使般望着受苦受难的豹纹猫。

鱼香刺激味蕾，豹纹猫心花怒放！它再次感受到了来自女人爱意的目光！能在干净的窗台上独自享受美食，那是自己价值的体现呢！豹纹猫唱着呜呜的歌谣，细嚼慢咽美味鱼餐。而后，还优雅地用爪子洗刷自己的面颊——那是猫享受猫生的特有举动，也似乎是这只豹纹猫准备登堂入室前的一番刻意装扮。

然而，女人再次让它失望了！当豹纹猫准备昂头进屋的时候，女人则迅速收起笑脸，随即紧闭窗子。

一窗之隔犹万里之遥！

女人觉得豹纹猫温顺、善解人意，即使自己喜欢得不得了，也只能是屋外的特别给予，最多在窗台让豹纹猫享受这一高级待遇。

永远没有交集的两条平行直线，数学家说也能相交！豹纹猫与女人频繁的交往，意味双方之间必有故事发生。

冬天越来越冷，豹纹猫在坚守阵地以保住生存的根基的同时，也会趴在窗台做着自己的春秋大梦。

母鸡的春天

记忆中的农村，每家每户都会饲养一二十只鸡子、不会太多，也不会太少，标配像受着某种人们并不知道的规律左右着。

当然，即使保证标配的鸡子数量，其实也并不是一件容易的事情，不仅需要尽量减少鸡子的"自然死亡"数量：捕杀、他杀；更需要每年有鸡子新鲜力量的补充：叽叽喳喳鸡仔的出现。前者一定会发生，后者却不一定能发生：既然少闲钱去集市买回鸡仔，因此，每年春上，抱鸡婆的出现、鸡娃的诞生，是农家不可多得的喜事之一。

然而，如此喜事，并不意味着主人总是心情舒畅。

冬天温度低，母鸡产蛋少，家里能吃能卖的鸡蛋便十分短缺；春风和暖，母鸡产蛋量增加，却总在主人渴望最殷切的时候，不再产蛋意欲趴窝的抱鸡婆出现了。

总是在某一时刻，昨天还安静的鸡子世界，突然就出现了一个鸡冠发暗、翻毛、炸翅、咯咯叫唤、足蹈于鸡群的母鸡，甚至紧接着又有几只母鸡商量好似的依样昏头昏脑发起神经来。它们便是应时躁动、欲做鸡妈妈的抱鸡婆。

抱鸡婆虽不再下蛋，但一旦落窝便意味着孵蛋产仔。所以，每当看到发情的母鸡咯咯咯地叫个不停，主人自然高兴，总会以最快的速度将平时鸡窝捡拾积攒多时的鸡蛋拢起，放置在既有或者人造鸡窝里。表面上助抱鸡婆梦想一臂之力，实际上是给农家希望之火添柴加薪。

照理，抱鸡婆与鸡蛋相逢，一定如鱼得水、如火遇柴。在近乎虔诚的抱鸡婆努力下，不久便魔术样为主人带来一窝乖萌的小鸡娃，不停歇的鸡仔叫唤像是为主人家庭兴旺歌唱赞歌！然而实际上，一个抱鸡婆发春，数只抱鸡婆呐喊，最终有一只抱鸡婆落窝；有一只鸡妈妈能最终带着小鸡仔屋前屋后咯咯哒觅食，便是农家鸡丁兴旺的好年成！反过来说，一年之中，抱鸡婆接连发春，最后没有一只抱鸡婆成功落窝却是正常现象！个中原因：是不是真有装装样子的假抱鸡婆？是不是抱鸡婆不愿孵化非自己亲生的鸡蛋？更何况，如果抱鸡婆个个成功落窝，主人到哪里弄鸡蛋呢？到哪里准备日后喂食鸡子的粮食呢？从这个层面来说，某只抱鸡婆最终当不成鸡妈妈，与其说是抱鸡婆作假的责任，毋宁说做了主人的牺牲品更符合实际！

然而，一旦抱鸡婆趴窝成功，抱鸡婆便像人间孕妇，足不出户开始安然享受主人能给予的一切。当然也有自个觅食、找水喝再回到鸡窝继续孵蛋的资深抱鸡婆。如此辛苦熬过二十天左右的时间，抱鸡婆腹下捂着的鸡蛋便能全部或者大部分孵出活泛的鸡仔来！至于那些样子做得十足，叫声喊得响亮但从来不愿正经落窝孵蛋的抱鸡婆，往往是主人好不容易将其捉住放到鸡窝，它却显出十分烦躁，总在主人不注意的时候，一个激灵蹬腿逃遁了，留下破碎的鸡蛋让主人愤恨不已！

抱鸡婆既不生蛋也不落窝，就像黄瓜、南瓜只开谎花不结果让人生厌。每当这时候，主人不仅要狠狠地诅咒几句，农村特有的醒抱"刑罚"就该准备上场了。

所谓醒抱，就是依靠外力迫使抱鸡婆变成正常鸡子而生蛋的过程，农民们认为这样管用。

不知道其他地方是如何操作的，老家醒抱的方法有两样。

面对一只、几只长时间不落窝或者失去落窝机会的抱鸡婆，但凡被主人抓住——迟早要被抓住的，主人顺手捡拾地上或者径直从抱鸡婆翅膀上扯下一根硬扎的翎毛狠狠地从其鼻孔穿过。从此，这只抱鸡婆便像上了屈辱的枷锁：远看像是威风凛凛衔着令牌疾走的将军，近观却是受着重刑的可怜兮兮。横穿翎毛的抱鸡婆会被嫌弃，遭主人白眼：别再想得到孵化的鸡蛋；禁止在任何地方进食直到它回归正常。

另一醒抱的法子更加粗暴。主人心恨恨地抓住假把式、遭嫌弃的抱鸡婆后，径直将其带到堰塘、水缸或者临时收拾抱鸡婆的盛水容器实施溺水惩罚，通过将其尽可能长时间而非置于死地地摁在水中的难以忍受的办法让其快速醒抱：以水的澄清让迷糊的抱鸡婆鸡冠红润而产蛋。

显然，对抱鸡婆的醒抱方法残忍而难受。到底多残暴？人不知道鸡知道，因此可能真的缩短了抱鸡婆醒抱时间，也可能只是给了其他假把戏、打入冷宫的抱鸡婆以严正警告而解主人之气！

春暖花开、蚱蜢渐多时节，一只年轻的麻黄母鸡加入了抱鸡婆的行列。

它很特别，虽看似抱鸡婆，既没有抱鸡婆动作懒散、迟钝的模样，也不似假抱鸡婆不着边际的疯疯癫癫。它头脑清醒，步履轻盈，无论进食、喝水，看得准，进食快，往往刚发现她还在眼前晃动，眨眼间便不见踪影。

主人疑之但理性，麻黄抱鸡婆很快被抓住送到放有鸡蛋的鸡窝以圆它做母亲的梦想。

但麻黄抱鸡婆是奇怪的，它既没有母亲样温顺趴向鸡窝，也不似假把式抱鸡婆腻歪弄得蛋毁人恨，它只是嘴里不停地咯咯叫唤，像是要对主人说着什么，又像是自言自语主人听不懂的鸡语。它不停地小心挪动自己的双脚，像是检验鸡蛋成色的资深抱鸡婆。但它最终没有满足主人的愿望，主人刚放手，它便飞快地扑棱远去！主人心生不快却并无大恨，也许第一次想当妈妈没经验吧！主人这样想着，便安心离开了。但第二天，鸡窝仍不见麻黄抱鸡婆，第三天还是不见它的影子，只有冷冰冰的鸡蛋，像是众多母鸡昨天下蛋后的馈赠。

又是一只假抱鸡婆，难怪最近总捡不到鸡蛋，都是这些假抱鸡婆在捣乱！主人恼了。主人对鸡蛋、对鸡仔的双重渴望，麻黄抱鸡婆的不识相，预示麻黄抱鸡婆即将遭受主人严厉的醒抱惩罚！

麻黄抱鸡婆鼻孔不仅被狠狠地穿上了自己的翎毛，甚至主人每天专门盯着麻黄抱鸡婆，一看到麻黄抱鸡婆，便要狠狠骂上几句，更会毫不迟疑地抄起家伙什儿一顿狠狠追打。

但主人的厌恶、体罚并没有影响到麻黄鸡婆。一连几天，她顽强地与主人周旋并多少抢食到了有限的粮食！可怜麻黄抱鸡婆如此美德却是对主人意志近乎猖狂的挑衅！主人几乎决定对麻黄抱鸡婆实施双重惩罚！她被抓住了，她被主人狠狠地、尽可能长时间地捂在水中，嘴里不忘发出狠狠诅咒：看我淹不死你，看我淹不死你！一番全武行凶狠操作，受刑后的麻黄抱鸡婆竟出现了不由自主的趔趄——很少出现的动作，往往是主人一放开受刑的鸡婆，鸡婆便升天样快速跑掉、飞走！

主人的狠气似乎唬住了麻黄抱鸡婆，以至于自此一连几天都不再见到它的踪迹。

"难道被黄鼠狼叼走了？"主人开始了一点心慌"哼！早知这样，上次抓住还不如宰了炖汤喝！可是，难道真被挨千刀的黄鼠狼吃了？可怜的抱鸡婆！"主人后悔了！

早上，阳光明媚。主人懒洋洋地出门，习惯地向位于房子东侧的牛棚走去，这是主人每天必做的功课，主人要把牛赶到山上喂养。

当刚走进牛圈的时候，冥冥中似乎听到了抱鸡婆急促的咯咯声，更似乎听到了鸡仔的密集叽喳声！

"不对啊，鸡笼在房子西侧呢？哪来的抱鸡婆？难道麻黄抱鸡婆回来了？可是，今年没有小鸡仔出生啊，哪里来的鸡仔声音呢？"

"哎！我怕是想鸡仔想出幻听了！"主人摇头并不由自主地掏了掏自家的耳朵，一定是出现了幻听，真是好笑呢！主人便傻傻地笑了！

然而，抱鸡婆的声音却似乎越来越大，鸡仔的稚嫩叫声越来越清晰，更好像径直是从牛圈传出来的！

对呀！就是从牛圈传过来的。主人快步向前，一把拉开牛圈大门！

放在平常，牛圈大门还没打开，知性的老牛便有出门的着急。但今天反常，只见平常猴急的老牛，头对着东墙角狠狠地打着响鼻，像是因为莫名的不解而受到小小的惊吓。

阳光正从牛棚的墙缝直射进来，逆光望去，光影下便依稀看见不远处的墙角里，那只几天不见、鼻穿翎子的麻黄抱鸡婆颈上鸡毛根根竖起，张着翅膀，狠狠地从嘴里发出警告声，一副老鹰战斗的姿态与牛对峙着，而她的身后，一群慌张、鼓噪、毛茸茸的小鸡仔正你挤我拥地在一起。

"这、这、这是梦吗？"主人不由自主地揉了揉自己的眼睛。嗨！眼前的景象，主人张口结舌像是受到了某种强烈的刺激！

突然，一只小鸡仔从牛圈的阁楼落下，像天上飞落地面的天使，僵硬的牛脖子猛地一缩，麻黄鸡婆则迅速上前，用只有鸡才懂的语言快速将小鸡仔护到自己的身后，继续与牛怒目对视。

天啦！不知什么时候、多长时间，麻黄鸡婆自己在牛圈楼阁上生下鸡蛋，在最合适的时候，自个儿趴窝育儿，即使其间遭受主人身体折磨、灵魂侮辱，却终于迎来了自己孩子出生的这一天！

眼前的奇迹，恰似主人大白天走路，一脚绊到了闪亮亮的金银财宝，惊喜拢着身子，热血冲上头顶！

主人很快把牛牵出，迅速搬来梯子。只见牛圈阁楼散落的稻草上，满眼都是破碎的蛋壳，而一只即将破壳的小鸡仔正努力做着从蛋壳钻出的努力，似乎专门为了等待眼前的时机以揶揄主人曾经犯下的不可饶恕的错误！

来不及搬走梯子，主人冲出牛栏，一溜小跑进屋，满盛一碗白花花的大米撒在地面上：吃白米，是农村犒劳鸡妈妈特别的馈赠！"咯啰啰！咯啰啰！"主人扯起嗓子吊起鸡子熟悉的进食号子，直引得西边尚未出笼的鸡群一阵兴奋躁动。

麻黄鸡婆听到熟悉的进食声音，旋即像一位沐浴着霓虹灯光的将军踏着鼓乐带着孩子们走出了牛栏！一只、二只、三只……足足有二十几个小鸡娃跟在它的身后！

"妈呀！这是什么喜事啊！"主人手足无措，那是幸福得手脚痉挛呀！

阳光灿烂，主人赶着牛向山上走去，兴奋得忍不住一步三回头。

晨曦中，麻黄鸡婆带着小鸡仔愉快地捡拾似乎总捡不完的白米，那是一幅祥和的母鸡育雏图；晨曦中，麻黄鸡婆头上穿着的鸡毛翎子是那么显眼，像是背着一枚金色十字架的受难者。

主人羞愧至极，她扔下牛缰，朝麻黄鸡婆飞奔而来！

正一心啄食的麻黄鸡婆受到突然的惊吓，飞身空中像起舞的凤凰般美丽！

失落在远方

父母带孩子外出，美其名曰旅游，实际上，出门之前，已在心里给孩子附加了学习、成长的任务。此举并非个人嗜好而是全民习惯，起因全在一句中国古话：行万里路读万卷书。当然，如果孩子已经懂事，父母、孩子外出便因有高度的目标契合，彼此开心异常也收获满满；如果孩子还小，正似懂非懂年龄，得到的仅仅是了却大人自以为是的见多识广心结。实际上，除了更多的吃、喝、玩、乐，孩子不可能有更多的收获！当然，花钱、费时出门一趟，孩子可能没记住大人心想的要孩子记住的古老文明、历史文化等高大上东西，却记住了一款当地的美食味道或者他们能记住的其他，却是再自然不过的孩子真正的收获，那份难得的童年应有的快乐。

很多年前，张明曾带自己的孩子，一个小名叫豆豆的男孩去西北某市旅游。

遗憾的是，那次特别的西北游，虽说孩子多少收获了他的期许，却不幸丢掉了事关孩子健康成长最重要的东西。不该发生的事情发生了，让张明追悔莫及！

张明在外地工作，豆豆在老家上学，因缺少大人管教，孩子学习成绩不是很好。张明心里常常为此着急。于是，决定趁着孩子的暑假，用自己积攒的年休假带孩子到自己工作的城市转转，一者让孩子体验张明认定的大好河山增长一些见识；二者顺便为孩子补习学过的语文、数学、英语小学生基本课程。一举两得的事情，再好不过的安排！

既要让孩子玩好，又要让孩子学好，必须花点心思，张明的基本安排是：要么上午在家学习，下午找准地方去玩；或者上午出去玩，下午在家学习。当然也不会太过刻板。目的只有一个，学习、玩耍两不误。

时间很快过去了，说好今天到计划中的重要景点去玩的。为此，豆豆几天前就已经兴奋起来了。谁知天气预报说最近两天有雷暴天气过程。既然出门不安全，张明决定闭门学习以待天气好转。但孩子因此不高兴了，他自然不懂坏天气的危险，却懂得如何反击大人，老辣而精准，因为他一直拿说话算不算数来说事，如此无疑对张明有很大的威慑作用。然而，当吵吵闹闹一阵子却得不到自己想要结果的时候，豆豆进门出门、坐着站着都嘟着嘴，像受了天大的委屈，直到张明承诺给予特别补偿：到时不再安排学习，撒脚丫子玩什么的，他才又高兴起来。

所谓补习，就是把孩子已经学过的课文中该写的、该背的、该做的再次来过。

夏天日长，又地处西北，吃罢晚饭，外面不仅明亮，还能看见太阳一会儿云里藏着，一会儿露脸像玩躲猫猫的游戏。张明虽司职督促，一天下来，也早已头昏脑涨，何况孩子辛劳如此！于是当豆豆问能否到外面去玩一会儿的时候，张明便爽快答应了他的要求。

很快，豆豆背上袋装的羽毛球拍像打羽毛球的老手，张明则拿着羽毛球、矿泉水跟在他后面像专门伺候的老球童，一大一小出门了。

城里人多、车多、地皮金贵，要找一个既安全又宽敞的地方打球并非易事。找人打听，说马路对面不远处有一处叫唐风的广场，那里不仅地面开阔，人还很多。豆豆听后，兴奋地拉着张明一溜小跑而去。

唐风广场果然大而热闹，这里聚集了独坐的老人、玩耍的男孩女孩，散步的中年人、坐聊的年轻人，还有一些兜售小吃的商贩在广场穿梭。尤其广场的中央，一个由花岗岩拼就、半个足球场大小、下沉式圆形池子甚是热闹，跳舞的、唱歌的、滑滑板的、嬉戏的都在这里享受自己的快活。

张明与豆豆择其人少、风小的广场外沿高处挥拍打球。傍晚雨后的天气虽然凉爽，但他们仍然汗流浃背。张明提议喝点水、休息一会儿再打。豆豆如听到下课铃响，扔下球拍，一屁股坐在地上，咕嘟咕嘟地喝起矿泉水来。

突然，一个滑滑板的男孩风一样从他们的近处闪过，滑轮上的彩灯转着圈飞奔池子，粗糙的声响像一架飞机驶过。速度与梦幻，让滑滑板成为众多孩子的至爱。

豆豆的眼睛死盯着快速移动的滑滑板男孩，他已经被强烈地吸引了。

"爸爸，你说过给我买滑板的。"豆豆突然回头望着张明。

"我不是给你买过吗？你都玩坏了，自己的腿还因此摔伤了呢！"张明觉得自己猜准了孩子的心思，但不便于明说。

"是滑板坏了我才摔伤的，你知道我是喜欢滑滑板的。爸爸，你说再给我买一个新滑板的。"豆豆向张明发起了连续的进攻。

"买新的？我怎么不记得了？"张明故意装糊涂，他不是嫌滑板贵，而是以眼前的形势判断，他担心豆豆会马上要求自己下单的！小孩子想到哪儿做到哪儿，哪管环境是否允许。

"你说过的，我那次生病了，你说我缺乏锻炼，身体不好，等我病好了买滑板送我，锻炼身体少生病。爸爸，你可不能失信啊！前几天你还叫我背语文书上的日积月累，一再叮嘱我要诚信呢！"

呵呵，小家伙，真鬼！步步为营，稳扎稳打！张明爱怜地摸了一下孩子的头。

豆豆见张明不再提反对意见，认为事情有了大半的成功！乃大声曰："失信不立；诚信者，天下之结也；小信诚则大信立。这些都是你叫我背的，不会背、不会写、你说要打我的。"

豆豆说得没错，记得那天读、背语文课本上的"日积月累"，书本展示的内容是诚信格言，张明不仅叫他读了、背了、默写了，临了还不厌其烦地给他讲诚信如何好、失信如何不好的故事，以及今后如何做一个诚信的人。豆豆记性好，今天拿出来说事，似乎那天张明的严肃不是告诫豆豆要如何如何，而是为了今天监督张明要如何如何。

　　"可是，你都多大了，马上读四年级了，刚才那个小男孩最多一年级吧，你大孩子还玩吗？"买滑板虽然是小事，因为心里惦记着他的学习成绩，从内心上讲张明是不希望豆豆有如此心思的，尤其不能动当下的心思。

　　"我不管，爸爸不能说话不算话。"豆豆望着池子沉默不语。

　　"爸爸，你看到那个小男孩了吗？对，就是滑得飞快的那个，我现在过去，跟他一起滑！我都忍不住了！"豆豆突发奇想。

　　"人家不认识你，你净想好事呢！"张明是内向的，不愿做尤其是勉为其难的事情。

　　"不相信？看我的！"豆豆一骨碌爬起来，头也不回地跑进了池子。

　　"这孩子！"张明既爱怜又担心。

　　豆豆奔跑着快速追上滑滑板的男孩。见有人来，那个滑滑的板男孩立即加力加速，单腿起落间，呼啸着超过了多人。但是，豆豆毫不示弱，一个冲刺追上去，场子里便出现了蹬滑板的、陪跑的两人并驾齐驱的现象，虽然两人速度都很快，由于彼此间处于相对静止，于是给了他们边跑边聊的机会。

豆豆套近乎了！张明的心揪着，他希望豆豆成功而不是失败。

如此情势，张明自觉没有豆豆这般本事与欲望，或许这正是大人与小孩子的区别吧；或许这就是豆豆具有的天生本事吧。但张明的担心仍然很重，只是觉得如果豆豆游说不成功，因为滑板问题，在遥远的西北平添一段不愉快或者生活中的打击，太不值当。目标男孩子突然加快、加力蹬腿，人和滑板从豆豆身边飞速掠过、远去！

糟糕！张明的心揪了起来。然而，豆豆这次却没有再去追赶男孩，停下脚步无事样站在池子里！

"哎！豆豆的愿望还是落空了，人家凭什么要相信豆豆又给豆豆方便呢？他的心一定很难受吧！"张明不由自主地站起来，觉得小家伙此时一定特别需要他老爸的安慰。

嘿！奇迹出现了！远处的男孩很快停止了滑动，接着快速转身折回。脚离滑板，毕恭毕敬站在豆豆面前，凭着豆豆指手画脚，像是弟弟认真听着哥哥的训话。

豆豆心想事成啦！只见男孩把滑板径直交给豆豆。只见豆豆熟练地用力向前滑去。飞快的时候，滑板前行，双脚离地，像一只雨燕享受疾风吹过耳际的快乐。

霎时，豆豆提起滑板前轮，双手使劲一扭，整个人180度转过身来，高难度动作伴随刺耳的声音，给了那个小男孩子一份水到渠成的惊喜。当豆豆折回来到小男孩的身边，两个小家伙一阵子嘀咕后，小男孩按照豆豆的指令，慢慢向前滑动，依样做了一个类似的回旋，尽管动作不太流畅，却显然已得基本要领。

如此往复几次，小男孩进步显著的时候，高兴而得意的小男孩径直把自己的滑板推给豆豆，自己则坐在地上看豆豆滑，像是给了豆豆最大的信任。豆豆已经取得决定性胜利，像滑着自己的滑板一样，舒畅、快速地滑了几个满场。末了，还故意滑到张明的跟前，给张明一个灿烂的笑脸后，再快速滑开、远去，翻转的霓虹灯在豆豆身后朵朵绽放，像是送给豆豆的礼花般灿烂！

张明不失时机地送给豆豆一个双份的大拇指点赞。说实在的，张明佩服豆豆！

既然两个小家伙兴趣相同且投缘，张明放心地看起手机，让两个孩子开心做自己的事情去了。

很久，豆豆满头大汗回来，急急地喝了几口水。"爸爸，我没失言吧！"豆豆很是骄傲，"还告诉你一个好消息：我不仅滑上了滑板，还收了徒弟。我们现在是好朋友了！"

"收了徒弟、交了朋友，有两下子，比你爸爸强！不过，你怎么做到见面熟的？"张明找不到更好的词赞美豆豆。

豆豆说："嗨，弟弟，你滑得真快！如果再把我的技术教给你，你就更棒了！小弟弟开始还不怎么理我，最后就听话了，我便教了他滑滑板回旋动作，他基本会了，再练习练习就会像我一样熟练。"

"瞧把你能的！"但张明心里觉得豆豆像大人一样有智慧。

"我答应明天再教我的麒麟徒弟一个动作：龙抬头。我们已经是好朋友了，我要把徒弟带好。爸爸明天带我来啊！"

"你行啊，儿子，没想到你还能在遥远的西北交上一个好朋友。麒麟！好名字，好名字，好好好，有意思，如果有缘分，我希望你们多少年后还能相见，闲坐话当年，那该是多么美好的事情啊！"

"那是，他的爸爸也答应明天带麒麟来这里。爸爸，明天我们要早点过来，免得麒麟见不到我着急。"

"NO problem！"张明的爽快让豆豆高兴莫名。

天气预报很准，这两天一会儿雨、一会儿阴、一会儿晴的。张明与豆豆只能继续在家里奋战。可能是有了新的兴奋点，豆豆没有半点不高兴，甚至张明说明天不去看那个重要景点的时候，他也没有了几天前的哭闹。

吃罢晚饭，豆豆拔腿就走，张明说还是带上羽毛球拍。豆豆说："羽毛球拍还带啊？我没有时间呢，我要教麒麟功夫的。"

"不碍事，我带着。"

得到了尊重，豆豆一路跳跃着向前走。而雨后的天气似乎不再有寒意而是春风般的温暖。

他们来得早了点，张明说还是先玩会儿羽毛球吧。豆豆却心不在焉。张明正准备说他点什么，豆豆却先开口了："爸爸，我们不玩羽毛球了，我们去散步吧，也许麒麟正在某个地方玩呢！"

说不打就不打，豆豆拉着张明的手沿着广场外沿走。外沿走完了，又拉着张明到稍远处人多的地方挨个察看。但是，他们没有发现麒麟，豆豆的脸色好像没有了刚才的明亮，像慢慢暗淡的天色。

"豆豆，昨天我们不是在池子里遇到麒麟的吗？说不定他正在那里玩，顺便等你这个师父呢！"张明依着经验对豆豆说。

"还是爸爸聪明，我们赶紧过去吧。"豆豆恨不能长一双翅膀像鸟一样飞过去。

好一阵子寻找、瞭望，没有发现麒麟。

"天还亮呢，昨天天快黑了才看见麒麟的！"张明安抚豆豆。

他们回到昨天打球的地方，张明与豆豆并排坐在池子外沿高处，紧盯着每一个小孩子，特别是滑滑板的小孩子们。

尽管有两双眼睛一遍又一遍搜寻，他们仍然没有发现麒麟。

天已经渐渐黑了。

"爸爸，你在这里等我，我到池子里找找！"豆豆内心显然十分着急。

"儿子，不急呢！兴许麒麟马上就会出现了，我们这里看得多真切，能看不到麒麟？"

"我要去池子里找，兴许麒麟换衣服了呢！"

"换衣服了？"没等张明说完，豆豆已经走进了池子。

张明没闲着，一边注意着豆豆的行踪，一边帮着搜索麒麟。其实张明对麒麟没有印象，只是下意识的动作而已。

很长时间，豆豆像丢东西的孩子在池子里四处找寻。

"麒麟今晚可能不来了吧？有事？忘了昨天的承诺？"张明也为豆豆感到惋惜。

天已经黑了，张明怕豆豆走丢，急忙走进池子："豆豆，还是没有找到啊？"

"是啊，怎么就找不到呢？爸爸，我不会不认识麒麟的！就算麒麟换了衣服我不认识，我没换衣服，他该认识我的！"

"你看你满头大汗的，我们歇会儿吧！也许麒麟今晚有事来不了！有可能的，不然他一定会来的。"

"应该来的！我再找找。"豆豆没有死心。

张明紧跟在豆豆后面满池子里找寻。他实在不忍心打击豆豆。

"豆豆，麒麟一定是遇到什么事情不能来了。"

"昨天我们说好的，他们知道我会来的。他是我徒弟，我是来教麒麟技术的！"

池子里的人走光了。

"豆豆，你也不用太着急，我们明天再来吧！"

"爸爸你要骗我，明天我们就要走了。你还说要我跟麒麟做朋友的，他不来，怎么做朋友！麒麟怎么没来呢，他答应我要来的呀！麒麟，你在哪里呀？"豆豆忍不住高声喊起来。

豆豆的声音很大，声音回旋在唐风广场！

"对，对，儿子，我们明天是要走了。但是麒麟不来，我们没有办法啊，你看天已经很晚了，广场也没有人了，就剩我们俩。"

"爸爸，我求你再等等，说不定麒麟正在来的路上，即使我不教他技术，他来跟我说一声也好，我是他师父，他是我徒弟。"豆豆几乎是央求张明。

张明不能说什么，只好继续等着。

周围黑黢黢、静悄悄的，那个叫麒麟的男孩没有来。

白杨树与妇人

不知哪年，路旁栽了一排白杨树。

现存的白杨树总共十棵，九棵有大致相同的高度、树径、模样，一棵则特立独行：稍矮、稍细。时间一长，天然秉性让人明白：它是十棵树中唯一的雌性白杨。

不知哪年，喜鹊夫妇筑巢并生儿育女，便留下几个铁打营盘样黑乎乎的喜鹊窝于白杨树的高处。乡野的喜鹊窝多见而平常，然院子里白杨树上的喜鹊窝却有点特别的气势：冬季，喜鹊窝勇敢地裸露于北风中，像伟岸、坚贞、不屈的革命者；春、夏、秋季，喜鹊窝则隐于浓密的白杨树叶中难窥其踪影，好像并不存在一样，便有闹市做特工的神秘。

有了喜鹊窝，白杨树变成了鸟的天堂。春天，去冬的乌鸦刚刚离开，白杨树还光秃着身子的时候，便有布谷鸟围着喜鹊窝上下急蹿，像是大观园里四处观瞻的刘姥姥，更像是欲窃喜鹊窝于私有的明目张胆；接着是去年的喜鹊或者喜鹊的同类睡醒似的出现在陈年的窝巢，树梢、地上就时常能听到它们清脆的报喜声；当喜鹊来了又走了的时候，便见几只不甚光鲜的灰色斑鸠成了树上的显贵，它们三三两两落在枝上，不停地点头发出咕咕的声音。当斑鸠也消失的时候，暮春即将结束，白杨树已然身披厚密的绿装，小却多的麻雀开始当了白杨树上的主角：其实唯有麻雀一年四季从不缺席于白杨树，它们灵巧地穿梭在白杨枝繁叶茂的世界仅闻其声难见其形。

春天的巧手终于剪出柳树碧绿的丝绦。然而定睛，看着看着，你便能发现粗壮、高大的白杨树竟在早春的惠风中开始柔柔地晃动，软绵像是妇人扭动着自己壮实的腰！那是经冬僵硬的白杨树正积攒、编织属于自己的春天形象！

当然，此时此刻，明亮的春绿是没有的，只有在不经意的某一天，你才会突然发现九个雄性白杨树慢慢却整齐地捧出了自己淡褐色的柔荑，它们像小姑娘头上的辫子在风中快活地歌唱、跳舞，不停地唱歌、跳舞！最后累了，要休息了，远望枯萎、近观淡紫的柔荑怡然辞树，像无数毛毛虫跌落地面！这时候，只见本已厚实的白杨树再次脱去雍容，赤条裸露，但此时非彼时，稍做细观，枝条上的绿苞像无数欲看稀奇的精灵，已然自下而上探出头来！最是那稍矮的白杨树妹妹好笑，当九个哥哥春风中劲舞的时候，她才慵懒地梳理着自己绿色的柔荑；当九个哥哥淡紫柔荑落尽、新叶闪耀的时候，她的嫩绿柔荑才和着新叶，随着四月的暖风，向着空阔的世界，将生命的白絮飘扬开去，完成生命庄严的接力。

然而，人的院子并非生命自由的旷野，雌性白杨树神圣的生命舞蹈，不仅没有得到人的鼓掌，而是让人起了深深的厌恶——杨絮引起了人的不适！

当白杨树最后一枚紫色柔荑坠落，白杨树叶早已挤挤攘攘，满树闪耀深绿的油色，更有鹤立新枝上的新鲜嫩叶在天空闪烁着明亮的丝光，向人们昭示生命的活力！

夏天，几乎所有的生命都要屈服于炎热的威力。但白杨树似乎例外，骄阳下，白杨树叶片端庄、光洁如新。一阵疾风刮过，万千树叶翻飞弄影，似人间皮影戏变化万千，或熏风细细，白杨树浅唱低吟，鸟儿四出啾唧，似合唱团男女声的此起彼落！

北方少雨，当夏天的急雨光顾数次后，人们便知道夏天将结束，秋天要来了。

　　一声南去的雁鸣，清凉的风开始刮过人灼热的身子，秋天赶着脚步准时来报到。

　　秋天是收获的季节，果实累累是秋天的骄傲。人们虽然看不见白杨树收获的壮观，却能感觉到白杨树身躯日渐茁壮的气势。

　　秋天的白杨树凛然、从容，即使深秋萧瑟时，白杨树依然叶浓密、色墨绿，虽无春天柔柔的身姿，却尽显秋天脆响嘎嘣的劲道！秋风起、寒气来的时候，白杨树似集力量、智慧于一身的人间横槊武士，一袭绿装、一身正气！

　　冬天永远六亲不认，第一袭北风刚刚刮过，北国阔叶树便被北风生硬剥去绿色的衣裳，瑟瑟于冬的淫威再无半点生气！唯路边的白杨树，依然绿叶满树，笑迎着干冷的北风。

　　风一阵紧似一阵，气温一天冷过一天，白杨树叶像万千绿色的矛倔强于朔风！但生命的坚强不是愚蠢莽撞，当最厉害的一次雨夹雪伴着降温来临，越冬的命令准时发出，白杨树叶站完最后一班岗后，便毅然地就着风、和着雪，钢镝似的齐刷刷地扑向大地，没有扭曲、轻飘的萎靡，尽是狂笑、豪迈的硬朗！几乎一霎时，灰暗、斑驳、光秃的白杨树置身于呼啸北风像淬火后的镔铁；几乎一霎时，黑色的喜鹊窝飞来样凛然立于北风呼啸的高树；几乎一霎时，几只漆黑的寒鸦在白杨树高举的喜鹊窝旁盘桓、聒噪，像是肃杀冬天应时的歌手，又像是专门给紧衣缩脖人添堵。北风无情肃杀了北国所有的生灵，唯把白杨树锤炼成妥妥的北方硬汉：树身直溜，枝丫刺空，纵向而观，豪气四射，似等待检阅的列队士兵；横向而视，铁枝疏朗，似图画不输人间丹青！只有麻雀最有情趣，它们不弃不离、似无却有像豆兵散落于高高的树梢，给冬天的白杨树增加了灵动的活力。

北魏贾思勰曰："白杨，一名高飞，一名独摇。性甚劲直，堪为屋材，折则折矣，终不曲挠。"

妇人何姓，职工遗属，人们都叫她何姨，年轻时候这样叫，年老时候也这样叫。

妇人来自农村，丈夫在世时，被安排于单位小卖部工作。不料丈夫说走就走了，计划经济时代，大人小孩尚能依惯例享受单位最基本的生存照顾。而后，不仅单位小卖部早已解散，单位决定给她安排新的工作：做大院的卫生。

何姨很满足，对一切都感到满足：自己来自农村无文化，嫁给有文化的丈夫，她满足；安排到单位小卖部工作，轻松实惠，她满足；丈夫过世得到单位多年专门照顾，她满足；负责大院卫生，她满足！

经济社会，单位人来人往，于是领导开始重视单位卫生、形象好坏。何姨虽然任劳任怨，但单枪匹马的作用毕竟有限，于是很快便有几个人一同加入到了做卫生的行列，连同何姨，他们都被卫生科的一个年轻科长管着。

科长召集大家开会，将卫生工作的重要性与如何做卫生讲得明白。自此以后，何姨专门负责室外道路的清洁卫生，其他人则负责办公场所卫生。

每天早上5点，何姨开始工作，路灯下便准时出现有节奏的身影移动；6点钟左右，道路清扫大半的时候，起早晨练的人出现了，安静的大院，就会响起清脆的"对不起！影响您锻炼了"的客气话；7点多钟，当人们陆续起来准备开始新的一天工作的时候，何姨业已完成自己的打扫任务，反着方向肩荷扫把回家做早饭了。

除却早上的打扫，白天何姨还要着装巡视院子，捡拾人遗留的弃物、树上掉下的枯枝。拢它们于路旁，用垃圾拖车拖走。保证大院道路干净卫生是何姨的责任。

天复一天，月复一月，年复一年，何姨工作愉快。

常做一件事，多少会有奇迹发生。例如与何姨寒来暑往照面几十年的白杨大道，既是大院人人看重的地段，自然也让何姨在此收获满满。

每次清扫、行走在白杨大道，何姨总有一种特别有爱的感觉，好多年不曾改变！早上，东边的太阳刚刚升起，斑斓的阳光从树间直直射来，何姨便像湿润江南水墨画中的娇媚舞者；下午太阳西斜，何姨梭巡其间，像一只无时不在的麻雀倩影跳跃。行走白杨树下，白杨树高耸挺拔，何姨感觉自己有小孩子偎依大人怀里的安适；有时又有指挥千军万马将军的勃然气势。最是白杨树长达十个月的翠绿，鸟随意出没、上下穿梭、和声悠扬；人纳凉树下，结对漫步、指点品评，其乐融融有回家的满足！何姨感觉白杨大道就是为自己而存在，白杨大道上所有需要自己做的事情都是白杨树对自己专门的馈赠！

因为关注，因为对白杨树充满爱恋，何姨进言科长："科长您看，白杨大道一年四季人多，为什么不在树下安装条椅方便人休息呢？我看公园里就装了很多椅子呢！"

科长笑言："我说了不算，但我一定反映。"

不久树下便增添了齐整的长条椅子，好评如潮！

科长对何姨说："领导表扬了我们卫生科，你的意见很好啊！但是，您从此也多了一项工作，保证椅子的干净是您的责任！"

"这是什么问题呢，不就是早、中、晚提一桶清水，拿着毛巾除灰尘、鸟屎等污渍的丁点小事吗？"看到孩子、老人、谈恋爱的年轻人坐在椅子上歇息、嬉戏、发呆、聊天、看手机，何姨感到无比幸福而自豪。

白杨树、白杨大道给了何姨最大的快乐。

一队小学生扛着比他们身子还长的扫帚来体验生活了。他们要何姨讲心得、谈感受，一招一式地跟何姨学习扫地，还认真地做笔记。何姨笑得前仰后合！

又有自称志愿者的人，起早同何姨一道打扫卫生，不厌其烦地说何姨不简单，要向何姨学习。临走留下话："我们要组织更多的志愿者过来帮您扫地。"

起先，何姨觉得眼前发生的事情很有趣，但时间一长，便觉得不自在，甚至有了危机感："自己做的工作，怎么能让孩子来吃苦，怎么能让年轻人白做呢？是不是我的工作有疏忽、不得力？"

今年的冬天有点奇怪，北风虽不停地吹着，寒气却不紧不慢没有全力以赴的厉害。

早上，何姨照往常一样起床、工作，除了感觉更冻手一些，并没有什么特别的不对劲。但科长特别通知大家说要注意寒潮，还特别地说这是气象台的预报。

　　何姨觉得科长是说给自己听的，感觉只有自己负责的白杨大道会受到寒潮、大风大雪的影响。

　　一直到中午，何姨紧张却仍不见寒潮光临、发威。

　　但是，大自然总是以自己最突然而猛烈的动作展示自己的威力。

　　下午，北风刮起来了，寒气便像无形的尖刀剔刮人的身子。有准备的人正好满意地穿上厚实的衣服，疏忽的人只能缩着脖子大言后悔！

　　风大了，冻雨直泄；风更大了，雨夹着雪子硬邦邦地砸向路面，地面很快结成高低不平湿滑的冻冰；狂风呼啸，漫天雪花飘飞起来，刚才棱角分明的院子很快变得白茫一片。软的白雪与硬的冰冻结合在一起，已经让几个人摔了跟头！这是一次有预报的强大寒流，凶神恶煞像要毁灭一切生灵！

　　白杨大道一片狼藉！上午还卓然绿色的白杨树，顷刻只剩树身、枝杈的光秃，深绿的树叶与细小的败枝横七竖八、层层叠叠堆在地面，白杨大道早没有了原来的面目。

　　有科长叮嘱，依凭多年经验，何姨知道白杨大道今天注定不平静。她早早地穿上雨衣，雨鞋；带着铁锹、拖着垃圾车守候在白杨大道。当可怕的肆虐准时开始的时候，何姨立即开始了一场简单却注定不平凡的工作!

这不是一般的垃圾,这不是一点垃圾!这是老天突然的发难,十棵白杨树的集体行动!满眼冰碴、硬叶、碎枝;她滑倒了、爬起来了;她拖走了一车,又回来装满一车。但眼前要捡拾的东西太多,拖走的东西太多,几乎耗去何姨大半体力的时候,也仅仅清理了不到五分之一的路面!

何姨急了,她扔掉手中的铁锹,挥动双手抽拖、拢拾冰雪粘连的残枝败叶。很快,她口吐白气,手臂通红!两腿渐渐感觉无力,双手渐渐失去知觉,心里想的与手上做的不再协调匹配,而且越来越不匹配!

灾难般的惨状!没承想无意中被单位领导发现。

很快,一个电话打到卫生科:"她多大年纪啦?为什么让她一个人干如此超重的工作?"

年轻卫生科长惊恐万分!他不知道白杨大道正发生如此惨烈的事情,更没有为难何姨的任何初衷,但是,所有解释都是徒劳甚至多余的!

卫生科长诚恳地给何姨道歉了,并说是自己工作的失误。

年底,何姨因忠于职守,领导不仅要求单位上下向她学习,更是为她准备了一份特别的礼物——一笔丰厚的奖金和一张荣誉证书，以此来表彰她在过去一年中为大家所作的奉献。何姨百感交集，既有对自己得到认可后的喜悦，也有对未来更加充满信心的期待。

面对领导的肯定、职工的鼓励和支持，何姨从不自信到仿佛变成了一个全新的人，眼神也变得坚定有力。何姨说："我只是一个清洁工，只是做了自己该做的事，得到大家的认可，我非常感激。今后，我会继续做好大院里的清洁工作，给大家一个干净、舒适的环境。"她的话语中充满了谦逊与真诚，让人感受到了她的善良和朴实。

种 草

月亮湾是重点打造的高档社区。

几家实力房企先后进驻，你追我赶的开发过程就此开始。

很快，原先的荒野被鳞次栉比的楼房填充。

突然有一天，市政公司领导说要抓紧修筑进出月亮湾的道路，原因是市领导要到房企现场办公了！

什么问题需要现场办公？市政公司领导是明白的：房企交房要做到内、外部道路通畅——内部道路自然由房地产开发公司负责完成，小区外配套道路则由市政公司负责修建。好在市政公司早将道路基础、地下管网构筑完毕，只剩路面工程、绿化工程的简单工作。但是要在短时间内完成路面铺装及道路附属设施施工，难度依然很大！可是如果不能按时完成，市政公司可能被相关部门责罚。

一番权衡，市政公司决定铺半边道路以应急！

正是办法总比困难多，此举尽可能地减少了仓促施工带来的质量风险；避免了房企包括消费者抱怨带来的可能责罚；最重要的，让原来"外部道路适时建筑以节约资金"决策得以安全落地。

做事有底气，队伍有信心！一声令下，人各就各位；设备、材料各就各位。

人心齐泰山移，不到十天时间，道路工程便几近宣告完成。一眼望去，路面整洁、人行道设施完备、行道树笔直、绿化带干净。总之，路虽半边，完全具备来往人车体面、安全、快速进出小区的条件，不违和并可能意外得到表扬也未可知！

然而，大问题解决了，小问题却出现了。

正值盛夏，烈日炎炎。

水泥砖围构的路边绿化带虽好看，里面的土坷垃平整而细腻，但撒在里面的草籽却迟迟不见发芽！

景观绿化是道路附属工程的重要一环！况且里面撒的还是管事领导特别要求的进口草籽。

管事领导很年轻，原在市政公司机关工作，刚刚外派主政机械化施工一队全面工作，便遇到了这么个不按常规出牌的不大不小的工程。

正是事业的关键时刻，管事领导没有忘记临行前公司的叮嘱："机械化施工一队很复杂，你要干出成绩来，挽回一队的声誉。"

管事领导不含糊，上下共同努力，半边道路工程进展顺利，哪想却被眼前的种草给将了军。

负责种草的人是外聘的劳务人员。

管事领导的情绪影响着他们的情绪。眼前管事领导着急烦躁，劳务人员便没有了种草的轻松自在。

"不就是长草吗？非要进口草籽？既然进口草籽长不出来，一定是外国的东西不服咱中国的水土。"种草的劳务人员在议论。

"你们懂啥？进口草籽能抗四十摄氏度以上的高温！天气这么热！"管事领导一脸鄙夷。

"可是草籽不发芽，抗一百摄氏度高温也没用啊！再说草那玩意，你把它当草，手拔、锄头刨、撒除草剂都难管用！你把它当宝，娇生惯养、浇水施肥，它依旧长不好。"

活人还能被尿憋死？真是的！这事不能等了，必须增加浇水催芽的频率！管事领导果断下达了的命令。

第二天，太阳还没发威的时候，劳务人员拖着长长的塑料管子一路将水喷向晒得发白的绿化带。按照管事领导的意思，他们一天浇了三遍水。

几天过去，仍不见进口草籽出芽冒头。

"太阳毒，温度高，洒水不解决问题，那就大水漫灌，我就不信这个邪！"管事领导随机应变。

劳务人员打开消防栓，接上软管，让滚滚的水不断朝前涌去！整整一天时间，硬是把绿化带灌成了一条水沟模样。

关闸，撤走水管，寄予厚望的漫水工程完成后，管事领导感觉悬着的心该落肚了：即便铁钉也该发芽了呀。

太阳仍在头顶较劲。

漫水消失了，水与土亲密接触后产生的白色泡沫不见了。但过水后的地面却很快板结成了砖厂熟泥的模样，开始龟裂，开始起壳。如此虔诚、劳苦，进口草籽仍没如人愿长出新芽！年轻气盛的管事领导扛着苦瓜脸甚至不知道怎么发脾气了！

然而就在管事领导一筹莫展的时候，每天盯着地面查验的劳务人员电话报喜管事领导：绿化带有了星星的绿，甚至连卷曲的泥皮上面也有了绿的影子。

真不容易，绿化带真有草色遥看近却无的气象了。

"这不就是野草、蒿子吗？"劳务人员望着眼前的嫩芽心里发凉了！

劳务人员没敢吭气，管事领导却发怒了："这是些什么东西？你们怎么搞的？""真气人呢！怎么尽长些杂草、蒿子？"劳务人员也没了脾气。"你们给我解释清楚？"管事领导怒火冲天。

劳务人员睁大眼睛望着管事领导，很委屈也很害怕，异口同声讨好："要不我们还是赶紧把绿化带里的杂草拔掉吧！它们吸收营养，会影响草籽的发芽率！也许进口草籽皮厚，再等几天就都发芽长草了！"

"进口草籽皮厚？瞎扯呢！"

难道是假草籽，过期草籽？这是闹着玩的吗？刚上任便遭遇山穷水尽——竟被小小草籽坑死了，再不理出头绪，再不采取行动，要出事的！管事领导想着想着脑皮开始发紧。

眼见着绿化带里野草野蒿渐长渐高渐密，却谁也不敢动它们。尤其可恨的，给了点水的浮力，那些野草、蒿子长得很是带劲，眼前的绿化带不仅不再光秃，竟被它们长得满满的。

"会不会管事领导突然一声令下，就让这些蒿子上台表演救场？"毕竟它们正绿着呢，劳务人员私下瞎嘀咕。

"看看，看看！这就是你们种的草啊，我心如刀割啊！到底怎么搞的？"正当野草、蒿子长得欢，劳务人员一筹莫展的时候，管事领导一身轻地露面了。

管事领导不在的日子，他们过着提心吊胆的日子，如今管事领导来了，大家觉得有主心骨了，便只管呆呆地望着、小心地听着，像做错事的孩子。

"我的大专家们！我是告诉你们工期紧，难道不知道先用温水泡一下草籽吗！是不是像一个人大热天汗流浃背，突然遭遇冰水过身，人会生病，草籽不生病？种子都叫你们整病了，还能发芽？还专业人员？还种草专家？"管事领导直勾勾地望着劳务人员。

"再说，种子撒下后，你们都干什么去啦？什么，帮小工去了？谁叫你们去的，现场没人，你们撒下的种子，不会吸引鸟过来吃？"管事领导很激动。

"可是……"

"别狡辩了，草籽没发芽，说破天都没用！"

"当然，也不全是你们的错，主要是天气，天太热了，太热了！你们见过比今年还热的夏天吗？假如是春天种草，怎么会有这茬子事？"管事领导口气已经缓和很多。眯着眼，望着天，恨不能做一回射日的现代后羿。

"是太热了！是太热了！"劳务人员眯着大眼对视天空。

"我知道你们也没见过这种天气，天灾啊！但我是你们的领导，不会把责任全推给你们。那样的话，我还能当领导吗？所以，我承担责任了！更重要的，通过我的努力，公司领导同意我们重新买种子，重新撒种子。一个意思，赶紧抢种、出苗，迎接检查！"

没问题啊，还能阴沟翻船？劳务人员既听不出处罚意思那就只管高兴啦！

"我慎重地告诉你们，跟我好好种草，这次把草种好了，说不定领导一高兴，所有的路边绿化带都种进口草，你们想想那该是多么大的工程，到时候你们就有干不完的活了。把草种好，有没有信心？"

"有！"劳务人员拿出吃奶的力气喊！

他们是真心佩服管事领导了，错误与成绩、好事与坏事、理想与现实被人家一顿有理有据的剖析，劳务人员兴奋啊！

群情欢腾，干劲十足。一天时间，绿化带内的杂草、蒿子被砍掉、刨根；一天时间，绿化带再次翻地、碎土、平整。

新的种子买回来了，管事领导亲临现场指挥：温水浸泡种子一天；稍事晾干种子，晚上撒下种子；喷水保持潮湿；白天安排人驱鸟；晚上严防人畜糟蹋。

一番中规中矩的操作，管事领导魔术般让长长的绿化带按时长出了密实、整齐、可爱的进口草籽嫩芽。

项目工程按期完工。

阳光计划

在国有企业、事业单位、政府机关工作的人，都曾福利分房。

这些房子都有那个时候建筑的式样与配套环境的特点，如大都红色墙砖、楼层不高、房间距大、结构单调；楼的前面都有一条不宽的马路方便人进出；楼的后面都有宽阔的绿化区作为楼后花园，虽然这些花园因为无人打理而近乎荒芜。

我就住在一片红砖老房子中某一栋某一门洞的五层。房子不甚宽敞，但自我感觉良好：层高合适，敞亮凑合。尤其站在或者坐在阳台的时候，也有登高望远的美好感觉。

很长时间，我所在门洞的一楼都是空着的。据说原住户虽辞职他去，因房产纠纷，新的主人迟迟住不进来。

然而，最近情况起了变化，说是一楼终于有人住了。

我很好奇，便特意敲门相晤以示睦邻友好，才知男主人为单位引进人才。

人才直爽，直言自己就是冲着房子来的：价格便宜近乎分配的房子，对谁都有巨大的吸引力。

人才来了，人才的女人来了，人才的孩子——一个单纯的小女孩自然也来了。

人才女人被安排在单位图书室工作，虽专业不对口，但些许不如意与房子的高价值相比，一切都是值得的。

小女孩不感兴趣又无可奈何于父母迁徙的原因，却对屋后鲁迅笔下百草园般的花园有陶醉般的兴奋，时不时都会高声大喊："我太喜欢这里了！"

一般来说，一栋楼的一楼虽有一楼的种种不好处，却也有一楼的种种好处。例如一楼房子虽采光差、人多嘈杂、夏天蚊虫多等不是，但一楼却是本栋楼最热闹的所在。更因为一楼人能方便拥抱自然，譬如屋后花园近在咫尺。

对比住在新楼房的人，住老旧红砖楼如我的人，只有一种可能，无甚文化、无技术专长、无相当职务的"三无"人员。因为这点原因，这位新来乍到、人才引进、住在一楼的人便可能遭人议论：既为人才，为什么会入住老房子呢？

说老房子里的人智商不高，谁知情商也不高！因为真有人问了让人才不自在的问题："您是单位引进人才，应该入住旁边带电梯的新房子呀！"

人才便很尴尬：不搭腔吧，好像自个承认自己是假专家或者不怎么样的专家；搭腔吧，如此在意平头百姓的好奇等于变相承认自己的确不怎么样甚至是假专家。于是，只好不痛不痒地应付："新房子到处都是，有沧桑感的老房子不多了；我女儿非常喜欢楼后花园般的自留地，打灯笼都找不到的好地方，别墅才有的配置！"

不承想，人才如此不知是自嘲还是不经意的随便言语，竟让人着急了："那是公共绿地，不是什么自留地！"进而又现身说法："您不知道吧，您家直通花园的后门，原来是没有门的，原主人私凿门意欲享受自然，看似自个儿的事，可单位不干呀！于是，一方要求堵上，一方坚决不堵，彼此长时间对垒而生变，前后左右人等依样画葫芦，后门渐次洞开。如此重大事件，却因为景观不违和，又实实在在为人开了亲近自然的通道，单位大事化小，小事化了，不再有人提起、定性。但始作俑者看似莫名却实在地受到了处罚，人便离职远走了！可即便如此，也从没人敢说绿化带是私人自留地！它不仅不是一楼的，也不属于某一栋楼的；它不仅是一楼的，也是楼栋每家每户的，甚至是整个宿舍区、整个单位职工的！"

"为自己做事而伤及自身，为大家做事而自身不保，我不仅要认真打理这块自留地，还要改写老房子不受待见的固有标签！"

人才不同寻常的宣言，人前人后得到流传，人们不知就里又心存向往，便对人才另眼相看。

某一天，人们便发现有人在老房子前后转悠，指指点点像在谋划着什么。

不多久，便有施工队伍在老房子四周搭起脚手架，很多人用与红砖颜色相近的涂料对房子外墙逐砖进行了油漆，又用白净的涂料勾了无数的砖缝。不到一个月，老房子便有了古色古香、富丽堂皇的吸睛力量，引来了单位男女老少的参观；"房子的身价真如人愿看涨了！"

老房子旧貌换新颜，是人才对左邻右舍兑现的第一个承诺：人才瞅准机会，严肃地、认真地将陈旧的红砖老宅子影响大院形象、影响民生等诸多客观存在，提案交于代表讨论、领导决策的大会，便引来了共鸣、得到了重视，一纸红头文件，单位出资旧房翻新利民生，老百姓白捡了天上掉下的大便宜！

"多好的事啊！"人们对人才有了进一步的另眼相看。

人才的女人曾在律师事务所工作，如今虽做着单位默默无闻的图书管理员，但是人们发现人才女人也不简单！

某日，人才的女儿放学回家遭邻居男孩欺负：白净的裙子被淘气的男孩子扔了雨天的泥巴！如此小孩子间的恶作剧，往往是学校、家长之间互动后便顺利解决了。然人才女人感觉事情重大：初来乍到被人欺负不是小事！

一纸律师函询送达男孩子学校，直吓得校长亲自上阵，不仅让恶作剧的男孩写了深刻的检讨书，还责令肇事者家长带着肇事者当面道歉于小女孩！

如此兴师动众的真诚，却弄得小女孩近乎崩溃，她觉得自己得到的比失去的要多得多，面对同学们的另眼相看，只差向校长、小男孩家长抱歉家人曾经的唐突。

然而，事情还没有结束，肇事者男孩及家人惊魂甫定时，人才的女人却不甘罢休，她在最合适的时间、站在最合适的位置，扯起了河东狮吼的嗓门："谁敢再欺负我家闺女，我不放过他！"如此剑走偏锋，不仅严重震慑了肇事者及家人，也让周边男人女人从此不敢小瞧人才的女人了！

"妈妈您干啥呀？我都感到害羞！"小女孩觉得妈妈做

得太过分了。"如此做派，除了自己降低身份，什么也得不到！"

"什么也得不到？小孩子懂什么，不刹住邪气，我们还能立足？"妈妈一身正气。

人才的女儿读着初中，学习很好，稳妥妥能上当地的重点中学。平时素质教育是拉小提琴。于是每天早、晚，人才房子里都会定时飘出优美的小提琴曲，颇让人生起对文化人家庭生活的无比羡慕；当然也有闹心的时候，如节假日，当人们意欲享受难得清净、私语张家长李家短的时候，小女孩一上午或者一下午不间断小提琴练习曲的单调，便让人感觉心烦甚至噪声般扰人。然而，尽管如此这般，却因为人才及人才女人拥有的特别能量，人们没有稍许的怨言、背后的议论，当然更没有谁勇做上门规劝的第一人。

真像妈妈所言，人才女儿因为爸爸妈妈的名人效应，上学放学，都有人主动上前嘘寒问暖。此点不同，对别人来说也许是好事，但对一个淑静的女孩子来说，几近于沉重的负担。

人才来自农村，学的是工民建专业。看似不搭边的两个意象，当相遇在人才自定的自留地，奇异的光彩开始绽放。

　　人才网上买回扎篱笆的塑料围栏，深埋杵柱，组件连接，很快，人才房子范围内的白蓝相间塑料围栏完成了，一时间，原先的公共空间，因为围栏存在而宣告人才自诩的自留地横空出世。

　　忙完自家的，在没有被允许或者可能不被允许的情况下，人才自费把左邻右舍屋后相应范围依样围栏串联，强行成就了隔壁左右的自留地。再仔细观察，人才还预留了继续延伸开去的组件接口。

　　左邻曰："你这样搞行吗？会把你扎的篱笆拆掉没收的！"

　　右舍曰："嗨，这房子真魔性，住的都是有思想的人！"

　　人才当然知道他们在想什么，拍拍手上的灰尘轻松笑言："你们不要怕，倘若有人找你们，尽管朝我身上推！"

　　相较先前的朴素无华，楼后花园突然间围起彩色的方格，让人眼睛发亮，心中喜悦！这是私家花园给人带来的美好感觉哩！于是大家便隐隐有了共同的心愿：如果把杂乱的楼后花园都围起来该多带劲！

　　或许是围栏确实好看，或许现代人的包容心变得宽阔，或许是……反正，当人们担心必然发生的事情迟迟没有发生的时候，不该发生的事情发生了！楼后花园几乎一夜间各就各位，彩色的、素色的、塑料的、木头的，布满屋后花园。一眼望去，原来毫无生气的楼后花园，霎时有了活泼的气象。

人们禁不住啧啧称赞：简直是奇迹，活脱脱别墅的世界呀！住在老房子里的住户何止心花怒放，觉得人才屈就老房子，另眼相看不足以表达他们对人才的感激之情！

人才因此满足，但没有完全满足。

人才买回铁锹、锄头以及专为城里劳动者准备的诸多小小工具，很短的时间，人才的自留地，除却远离房子一边的三棵行道树不能动外，杂草尽除、结土松翻、土地平整；又用清水灰砖把地块分割成若干有规律、大小合适的间隔。

人才买回玫瑰、芍药、葡萄、山楂……按照自己的意趣，一众花草果树被归置于间隔的空地，颇像知名导演对出彩美人的编排。

来往人等站在围栏外看稀奇。人才女儿更是高兴得手舞足蹈，小女孩觉得生活就应该这样花红柳绿、充满诗意：绿荫下看书、拉小提琴；与同学开宴会；树旁、花丛中唱歌、跳舞……女儿对爸爸、妈妈充满敬慕之情。

人才早已成明星，住户都是追星族。人才楼后花园里的一举一动都有了必须紧跟的示范作用：人才圈院子，别人跟着圈院子；人才整理地块，别人依样整理地块；人才种花草果树，别人跟着种花草果树。如此亦步亦趋，既是学习技能更是培养胆量！其中更有胆子大的，院子里跟着种了花草树木不说，还顺便种上了萝卜白菜、韭菜香葱等应时蔬菜。

我看还是种蔬菜、瓜果好，简单实惠，何况别人都在种！人才女人眼见别人丰收的果实有了羡慕之情。

"性质变了！"人才坚决地说。

人才女人虽心存不舍却勉勉强强表示了认同。

既然性质变了，麻烦真来了！说是单位后勤管理处传来话，为了大家，种花种草可以；为了个人，种菜不行！于是有人害怕而退缩：于心不忍地拔除了院子里的菜苗，扯下了瓜藤。但是，经常无人落屋的院子仍长着各种蔬菜。如此故意的存在，让后勤管理处的严令变成了笑话，人便又陆续跟风种上蔬菜。

肥水充足，愁种不愁长。一个春秋下来，人才自留地里的树苗蹿得老高，花儿开得鲜艳，他人院子里的蔬菜随着时令更是收获了几个季节的美味佳肴。

如此和谐的园圃世界，人才却发现了问题。

人才自留地圈外的三棵树：一棵是光鲜的白皮松，底部四散苗壮的分支，分支上再裂变出更多的分支，如此一来，白皮松树便有放大后的松蓬模样；一棵是碗口粗细的侧柏，高耸着耐看、密实的矛形身姿；一棵比侧柏还粗点的香椿树，缘于香椿炒鸡蛋的美名，该树虽然属于公家，长在公家的地段，却早被你、我，他人在早春时候折磨成了残废模样，只剩主干上的枝叶瑟瑟于天空，侧枝上仅剩稀稀拉拉叶片摇曳于风中。

人才明白：花草树木、蔬菜长得好，除却水肥伺候，还必须有充足的光照。而眼前三棵树，尤其是那棵枝丫横斜、遮阳避风的白皮松树已经严重影响了人才自留地里生者的生存，它们终究会因为水肥被夺、阳光被挡而影响生长！

人才坐在院子里走神，望着三棵树发呆。

"既然你觉得三棵树碍事，依我看，直接把树砍了！大不了有人找麻烦，解释呗！还能把我们怎么样？"人才女人展示自己惯有的狠、准、快行事风格。

"砍树？国家鼓励植树，你却大张旗鼓砍树，而且要在机关大院里砍伐景观树，惹事吗？"人才不无鄙夷地说。

"你要这样说，我也没话说，那你还愁眉苦脸干什么？你知道女儿是喜欢树的。"

"办法总会有的! 我有我的'阳光计划'!"

某一日, 负责大院卫生的师傅从人才楼后花园走过。人才迎上去主动打招呼:"老师傅你看, 这棵香椿树多可怜啊, 被人整成什么样了! 难看死了!"人才表现出十分可惜的样子。

"可不是吗! 都是好吃、嘴馋人干的。"卫生师傅扔掉手里的烟蒂望着树。

"还不如砍了, 它放纵人的私心, 影响周边景致, 是一棵不吉祥的树!"人才丢下一句话。

又一日, 负责大院卫生的师傅从人才楼后花园走过。人才再次迎上去:"师傅抽烟抽得厉害啊! 每天几包呢? 花不少钱吧?"

卫生师傅笑言:"抽习惯了, 一天一包, 我都抽便宜烟, 没几个钱的。"

"呵呵, 师傅, 我这有两包烟, 您拿去抽吧!"人才爽快地递上昨天刚买的两包烟。

"这、这、这怎么好意思呢! 这么贵的烟!"卫生师傅是知道烟的好坏的, 哪里敢收下人才递上的香烟。

"没事的, 我又不抽烟! 烟再好我也享受不了, 但您享受呀! 人才坚决地把烟塞给了卫生师傅。就您的卫生做得好！就这棵香椿树要死不活长得难看，影响人的心情！"

卫生师傅看着自己手中的烟，便将人才对香椿树的态度实施了一番高速度的琢磨。他明白了："您不喜欢我就把它砍了，不就是棵树吗！""哎呀，您砍了，别人不找您的麻烦吗？"人才故作惊讶。

"不会的，这棵树在这里也是影响整体环境。"

人才笑了，卫生师傅笑了！

第二天早上，第一个发现异样的是人才女人。她大声喊道："嗨！香椿树不见了，香椿树不见了！"

人才并不出门，故意高声应和："谁这么大胆子把树砍了！"

人才女儿正拉着小提琴，闻言飞快跑出："好好的一棵树，怎么说不见就不见了？昨天还在的呀？"小女孩站在香椿树遗址，两眼发直看天空，好像曾经的香椿树还在眼前。好一会儿，她严肃地对人才说："爸爸，您在这里补上一棵树吧，三棵树，一棵都不能少！最好栽银杏树，那是中国的国树，秋天树叶金黄金黄的，好看！"

"树自有人栽，不用我们操心！再说银杏树贵，更不是我们能随便操心的事！"人才敷衍女儿。

"可是，爸爸您知道吗？前些天我还写了一篇作文，着力写了我们家屋后的三棵树！如今少一棵树，我的心像被人划了一刀。"

女儿的话让人才心里咯噔了一下，但也仅仅是心紧了那么一下子。

香椿树不该走！有人才女儿的伤感作证！或许它早就该砍了，因为一连几天，它的消失，竟没有引来周围人丁点的奇怪，更没有出现任何的不满涟漪。

然而，香椿树的消失，只是人才"阳光计划"取得的成果之一。剩下的两棵树，本来也是阳光计划未来的重要战场，但女儿的"三棵树"理论，让人才隐约感觉很难再有更大收获，心有不甘哩！

人才买来竹篙、弯镰，将镰刀绑在竹篙一端，一把长长的斫削工具完成了，人才着魔似的给侧柏强行实施修身。侧柏本来树枝很少，人才慢慢却坚决地削去了侧柏树上大部分瘦小枝丫，可怜原来浑圆富态的树身呀！其实人才知道侧柏树的枝叶不是遮阳的主角，白皮松才是"阳光计划"响当当最难破的堡垒。但白皮松太过显眼，从前人才不敢随便下手，如今更过不了女儿这一关，侧柏树便成了人才的出气筒。

面对侧柏树，人才女人不知笑了多少次。

面对侧柏树，人才女儿感到从没有的震惊。她很长时间不说话，像是自己受着天大的苦难。她觉得眼前的情景，爸妈无论如何都有责任的：家门口的树都保护不了，还号称什么自留地？女儿喜欢的东西都保护不了，还说什么一切为了女儿？

幽怨的琴声在院子里回荡，女儿很苦！

人才于是有点慌，说都是园丁弄的，为什么要弄成这样？

香椿树砍了，侧柏树光秃秃地杵在那里，只剩眼前的白皮松活得健康、长得好看。自己的意志如果顺利实现，那当然没话说！然而，现如今再不在意女儿的感受，是不是太自私了？人才内心五味杂陈。

人才女人自然不屑一顾："别人说三道四，我们惹不起；自家孩子的神叨，我们还当回事？如此，我们还能干什么？"

"你说，我们还能干什么？"人才诧异地望着女人。

"你不是说办法总是有的嘛，如今黔驴技穷了？"人才女人望着男人。

"没有办法！斗胆砍掉，可是谁敢砍？如果真砍了，又怎么向女儿交代？罢了，罢了！到此为止吧！"人才决定终止"阳光计划"。

人才女人则给人才一个响当当的白眼：没用的人才！

日子在不知不觉中溜过。人才已经不再想什么"阳光计划"。如何整饬白皮松、侧柏树让女儿高兴起来，是人才眼目下经常思考的问题。然而，偶尔的一天，盘桓自留地的人才突然发现侧柏树顶枝叶变了颜色，原来绿绿的树梢，不知什么时候竟然变得枯黄了。

人才立即找来卫生师傅问询。卫生师傅没忘记人才的喜好与恩惠，以为人才又开始了新的动作，便故作无事样大声说："死就死了呗！树既然死了，还留着干啥？我下次带把斧子给您砍了！"

人才没有搭腔，也不知道怎么搭腔。他觉得奇怪，难道因为枝丫留得太少导致了侧柏的死亡？他不敢多想，更不知道女儿会如何暴跳如雷，他觉得自己可能百口莫辩了！但是他说："师傅，这棵树就不要砍了，如果非要砍，麻烦星期六过来。我知道这是您休息的时间，但是星期六我女儿在家，您要砍就当着我女儿的面砍，否则您就不要砍！"人才说着卫生师傅都不明白的话。

卫生师傅答应人才，便在星期六的大白天，不甚容易却最终砍倒了侧柏树。

人才女儿怒目圆睁："你为什么要砍树？刽子手！"

卫生师傅决绝回答："树都死了，我为什么不能砍？"

"树为什么会死？都是你使坏！"人才女儿嘴不饶人。卫生师傅碍着人才的面子并不理睬人才女儿，自个拖着树走远了。

小孩子终究不能怎么卫生师傅，回头找爸爸妈妈，不巧两人都有事出门了。

鉴于香椿树被砍、侧柏树死亡对女儿的巨大打击，人才决定不仅要终止自己曾引以为傲"阳光计划"，还要对眼前白皮松实施特别打理以救赎自己，以补偿女儿。

他每天围着白皮松打转，思考着如何讨好女儿的计划，但他却突然发现往年昂扬直挺的白皮松新长的穗子竟然东倒西歪耷拉着头，有些甚至已脱落地上了！

这是白皮松死亡的信号啊！

"这怎么说？这怎么说？以前有这样的事情发生吗？"人才质问卫生师傅。

卫生师傅哑口了："难道是自己罪孽深重，硬生生把健康的白皮松给吓死了？"

侧柏、白皮松的神奇死亡终于引来了周围的议论。大家开始把树与人才建立某种想象后的联系，人才感到了害怕。

卫生师傅没了主意，即使白皮松已经死亡，他也不敢手起斧落了。

"白皮松体量大，影响大，我替您向后勤处汇报吧。"卫生师傅盯着早没人才样的人才。

"我不可能对白皮松下手的，我可没有您那么大的胆量！"人才觉得有必要为自己辩护一下。

人才话里有话，卫生师傅虽后悔自己贪便宜深陷其中难脱干系，却只能强行安慰人才也安慰自己："没事的，树死是常有的事，死几棵树还能让人无辜受过！"

斗车很快来了，一番专业工具的运作，曾经茂盛的白皮松也从人才后花园彻底消失了。

"阳光计划"出台，人才曾苦心于此。然而，当人才决定终止"阳光计划"的时候，人才却发现"阳光计划"神奇地完成了——人才的后花园终于透亮，无一丝遮拦。

眼前的景象，让人才惊恐万分！

眼前的景象，人才女儿保持了罕见的沉默。

眼前的景象，终于击垮了人才女儿。

"我的乐园消失了——我曾想在三棵树下录制 MTV 的；

我欺骗了我的同学——我曾答应中考后邀请他们到我家开PARTY 的；不再有百草园般让我安心、在意的花园，不再有三棵树的浪漫，我讨厌这里！我恨你们！"人才女儿目光呆滞。

人才女儿坚决地搬到一公里外的学校住读了。

人才屋里好听的小提琴声音从此消失了。

人才几近崩溃！

人才女人感到惶恐！

学校打来电话，说女孩最近魂不守舍，要求家长配合教育。

人才与人才女人央求女儿说出心中块垒，说爸妈有能力帮助你消除心中块垒。

"你们不都是读书人吗？读书人有什么用？"女儿喃喃自语，不给她曾经骄傲的爸妈反省、弥补过错的任何机会。

人才女人禁不住号啕大哭："天啦，都是我害了我的孩子啊！都是你故作聪明，搞什么'阳光计划'，害得我跟着鬼迷心窍！我自作主张，我深更半夜扒开树根部的浮土，狠心地剥掉了侧柏、白皮松的一圈树皮，它们就这样死了！我是杀死它们的凶手啊！"

北流姑娘

原以为从钦州到玉林坐汽车方便，谁知印象中很近的两地却有六个多小时的高速公路路程，同事建议我坐火车。

钦州到玉林没有直达的列车。选择南宁转车，钦州到南宁、南宁到玉林都是动车，行程不到三个小时，很是方便；若选择贵港转车，钦州贵港段是动车，贵港玉林段则需乘坐特快列车，全程不到四个小时，也算方便快捷。

但最后，我决定买北海开往广州南的动车票，又买了南宁开往上海南的特快列车票。一切都很顺利，9 点 59 分坐动车从钦州出发，11 点 45 分到达贵港，12 点 18 分我便拖着行李箱上了很长时间不坐的"绿皮"列车。

07 车厢 13 号座是我的座位，位于车厢的起头位置。

车上人不多，但我却没法入座。因为一个硕大的行李箱正横在对面座位的中间。

"你的行李箱吗？怎么不放到行李架上去呢？"我望正

低头玩手机的女孩说。行李应该是她的。

"是呀，是呀！"慢悠、细润的两广普通话，女孩抬头望着我。

"我帮你放到行李架上去，不然你进出不方便！"对接少女安静的目光，我一边把自己的箱子举过头顶，一边友好地站在女孩的立场说话：现在的年轻人自我意识强烈，我必须小心。

"可是，我怎么拿下来呢！"女孩果然没有感谢我的意思，直接道出自己的担心，还多余地看了过道另一边的两个男人：一个年轻小伙子，一个年纪不算很大的中年男人。

也是，眼前的箱子很大，相对她的身高、体型，显得尤其大。

"哎，没办法啦，我们想帮她，她不愿呢！"那边操着两广普通话的中年男人抢答了，好像是怕我说他不愿助人为乐。

"别人不愿意放，为什么非要人家放呢？"那边的年轻男人则完全另一种思维。

我于是明白了他们之间可能发生过的一些事儿。

"那有什么，我帮你放上去，再帮你拿下来！"我一时很愿意为她出点力，也对小伙子的话感到一点不舒服——

这或许就是代沟的应有样子。

好家伙！箱子不仅看着大，分量更不含糊，好在我早有准备，虽稍显费力但腰杆挺直后便把箱子放到行李架上去了。

"人的个头那么小，配这么大个箱子！难道女人都有小女人开大越野车的粗犷情结？不像啊，她应该还没有到女人该粗犷的年纪呀！"我心里一阵嘀咕。

箱子搬走，只有我和小姑娘，六人的座位，空间立即敞亮起来。

为她当然也为我解决了难题，自以为总该得点表扬、感谢的馈赠，但小女孩只是望着大箱子嘀咕："不好拿下来的！"

"不要担心，等会我帮你拿！"我很奇怪她为何如此担忧。

"你到玉林吗？"她歪着头望着我。

"到玉林？你是玉林人？"

"是啊，我回玉林玩，我的老家呢！"

"正好同行，我到玉林出差，所以，你担心什么呢！"

人在旅途，贵港到玉林虽仅约个把小时的行程，有人说说话自然也是件很惬意的事儿。至少我是这么认为的。

只是她太年轻，我却头发花白，别人可能会说我不怀好意。小姑娘也不见得愿意跟我说话，更何况过道那边的两个男人已经朝我瞅了好几次了。

"我是玉林北流人，那地方你知道吗？"

"不熟悉，那里是不是很好玩？"我本没有意愿找小姑娘说话的，她主动搭讪，我有顾忌却不能无视。

"北流你都不知道啊？我的老家能不好吗！就是穷点，北流的名字怎么来的你知道吗？哈哈，你一定不知道呢！嗨！也难怪，你身材高，普通话说得那么好，你一定是北方人。"

我一时很惶恐，相对于广西人，我是北方人，但也只是南方的北方人，自觉普通话说得尤其普通，甚至夹带有严重的家乡口音。幸亏今天广西人说我普通话好，若是北方人如此恭维，那一定是存心讽刺我。

"我的普通话说得好吗？呵呵，北方人也不都是身材高大的！不过你们女孩子都热衷减肥，奢望苗条！"我胆子大了点，白头发的我竟敢跟一个小女孩聊起女人身高、苗条之类敏感的话题。

"我才不减肥呢，我怎么吃都不胖的！我们这里个头小，你看，我就很标准吧！"她调皮地望着我。

笑声当然让人感觉舒畅，也让我心虚，我不自然地朝过道那边的两个男人送去余光。我感觉他们一直盯着我，还似乎故意弄出些响声，像是对我的鄙视和警告，尽管我耳朵有点背，也没敢直视他们。

"你是做什么的？一定是来广西做生意的吧！其实我很喜欢做生意呢，自己赚钱，赚多赚少没人管，想花就花，多美啊！"女孩谈锋甚健，丝毫不管我的担心、心虚。

"我不做生意，我是设计铁路的。"我压低声音，但没有欺骗她。

"呀！设计铁路啊，你一定是大学毕业生吧！"她声音提得很高。

如果我是年轻小伙子，人家羡慕我是大学生，我会感到骄傲。两鬓斑驳的我，成为小女孩口中羡慕的大学生，声音响亮生怕别人听不到似的，我感到十分窘迫。但我马上意识到我必须镇静并严肃地跟她说话了，否则会欲盖弥彰的。

"而今大学生不是普遍又普通嘛！你也可以读大学的，读更好的大学。"

"你哪个大学毕业的？"小姑娘遇到明星似的继续追问。

"我是铁路院校毕业的，工作后参与了很多铁路的勘察设计，很多高铁也有我的功劳哩！你看广西很多高铁……"我终于定力有限，正式向人家卖弄我熟悉的铁路知识了。

"高铁是快，南宁到玉林有高铁，但钱太贵，我从不坐的！"她很快撇开目光，摩挲着自己的手机，眼睛望着窗外。

忧愁氤氲突然遮没了小姑娘的好奇。我不知道发生了什么，小心的心就更小心了。

"你手机套上写的什么啊，五颜六色的，是学习的材料？"我没话找话。

"呵呵，什么呀，我哪有那么刻苦！好玩的，这是我们女孩子的把戏，把一些自己喜欢的又做不到的口号写在上面，好像是为了鞭策自己上进，又好像是为了嘲笑自己违规！呵呵，你看看写的什么！"她把手机递过来。

"不许睡懒觉耶！不许长胖哈！我要'白富美'……都是些什么啊！"我呵呵笑起来！

"是好笑！女孩子天生喜欢找点乐，与众不同的乐子——譬如自我欺骗就是我们的至爱！"她也笑起来，女孩子的世界很奇妙。

"我本来可以读高中的。"她停顿一下继续说，"但现在在南宁一所职业高中读书，会计专业。"

"职业高中？没考上高中吗？"我提高了点嗓门，感觉自己有说道她的机会了——正规话题，不存图谋，那边的两个男人听见也没关系。

"才不是哩，我考上了普高，我在班上成绩靠前的。但人家说高中学习太累，读了高中还要上大学，时间那么长，花那么多钱，我家条件不好，我放弃了！"她若有所失又如释重负。

"放弃了？可是，不上高中，不能上大学；不上大学，你只能待在家乡，最多在广西生活，看不到外面的世界，人生多遗憾！"

"是的呢！当时没人讲道理开导我呀，到省城后就有些后悔了。唉！那时候不懂得这些，现在懂了却晚了，成长的代价吧。呵呵，人都这么说，也算是自我欺骗吧！不过，职业高中也可以考大学的。"她忽而兴奋忽而消沉。

"你是北流人，在南宁上职业高中，职业高中也异地招生吗？"我知道国家正大力加强职业高中教育，把一部分初中生分流到职高，旨在培养一大批职业高中毕业生以弥补国家技术工人的短缺。

"能呀，我们班广西学生多，但也有外省人，还有好几个北方女孩呢！北方女孩人长得又高又漂亮，说话嗓门大，大大咧咧的，不像我们南方女孩委婉、含蓄。"她似乎对北方女孩很感兴趣，稍微牵带，便很快转换了话题。

我突然很为这个小姑娘不平起来：小小年纪，上职高，还会计专业！这个年纪正是她们玩、享受青春的时候呀！何以如此之快地逼迫人家扮演成人应扮演的角色呢！

"你十几岁？"

"是啊，我很老吗？是不是我皮肤黑，显老，不像北方女孩子那么白？"她调皮起来。

"不是，不是，你还是个小孩子呢！"女孩不知道我想说什么。

"职高好吗？"

"好啊！到省城后，我觉得我才真正成长起来，只要有钱，便什么都有，什么都可以实现！唉！我现在没钱呢，等我毕业上班了，还有一年我就毕业了，找个好工作，赚到钱想买什么买什么，想吃什么吃什么，还能给爷爷买好吃的！我盼着毕业呢，每个月拿工资。老师说我们有的毕业生能拿好几千块钱呢！对啦，我也喜欢经商，我如果能开一家自己的店铺那该多好！""你们学校毕业的同学能拿几千块？"女孩天真烂漫，对未来充满憧憬的奢望，我感觉不是滋味，想给她浇点冷水了。

"是啊，师姐在一家公司上班，穿得空姐似的只管接待公司来往客人，工作轻松，赚钱还多。"

"那女孩一定漂亮或者家里有资源？"我世故地问。

"是的，是的，听说她爸爸还到我们学校做过报告的。漂不漂亮不知道呢！估计很漂亮，我也很漂亮啊！"女孩咯咯地笑。

那边又发出轻微的躁动，估计两个男人已经开始反感我为老不尊了。

"现在就业不容易，大学生找工作也是，你们职高就业能很好？有些事你想象不到的，你还小，不懂！"

"怎么这么说呢，我们学校很好啊，老师打包票说我们都能就业，我成绩好，人不丑，做事勤快，一定能找个好工作！"

我本想再说点什么的，但转念一想，何必为难人家小姑娘呢！谁没有美好的愿望？谁不是在各种美好愿望中生存、生活？也许人家一毕业真的就心想事成找到满意的工作了呢！

"但愿如此！我预祝你找个好工作啊！对了，你爷爷，你爷爷在哪里？"我觉得我必须转移话题了。

　　"爷爷在老家，好长时间没回家了。我想我爷爷！小学、初中都是爷爷照看我。前几天爷爷借人家手机跟我通话，说想我了！我一听就大哭！你看我买了好多爷爷喜欢吃的东西，还有一套羽绒服，爷爷老了，怕冷。"女孩朝自己的箱子瞥了一眼。小姑娘那么在意箱子，箱子大是借口，箱子的安全才是她的心事。

　　"很好啊，百善孝为先，你很棒，你这次回去，爷爷一定弄好东西给你吃！""那是一定的！我爷爷很疼我的。"

　　"你一定是个快乐的姑娘，在家里讨爸爸妈妈喜欢，在学校讨老师同学喜欢！"看着眼前心事重重又无忧无虑的小姑娘，我不忍就此无话可说。

　　"我是讨人喜欢，但我不快乐！除了爷爷，我还想我的爸爸妈妈，每当我看到别人一家人一起散步、吃饭，我却一年只能见他们一次，我会经常在梦里莫名其妙哭起来！没人知道我多么想他们！小学想念他们，初中想念他们，现在仍然想念他们！我知道爷爷也想他们，每到春节，爷爷天天站在村外，巴望爸爸妈妈出现在村口！"说着、说着，小女孩竟泪流满面了。

　　于是，我知道了小姑娘的妈妈、爸爸在广东东莞打工，两个哥哥也在那边做事。

"他们都在东莞，你一个人在家里读书？"

"爸爸、妈妈没办法，打工赚钱是为了给两个哥哥盖房子娶老婆，我们那里没房子娶不到老婆的！我跟爷爷生活，还有弟弟，也跟爷爷一起生活。"

"还有弟弟？你们几个姊妹？"我诧异她爸她妈生了两个男孩，又生了女儿，还要再生一个儿子！

"不是哩，小弟弟是我叔叔的儿子。叔叔离婚了，也到广东那边打工去了。弟弟由爷爷带，没办法，那边能赚钱！"

"你两个哥哥都哪里毕业的？"

"毕业，顽皮得很！爸妈不在家，男孩子贪玩，高中没上完就出去打工了。但两个哥哥对我很好，争相寄钱给我，不然我怎么能在省城南宁上学！"谈起两个哥哥，小姑娘显出又爱又恨的样子。

"你要好好学习，那样才对得起爸爸、妈妈、哥哥！"我为普通人家的亲情感动。

"他们放心我，我以后嫁人了，家里就没有负担啦！"说到这里，她特意望着我笑了笑，"我们那儿'重男轻女'呢！就是爷爷可怜，弟弟马上到外地住校上初中了，爷爷一人在家多孤单！"女孩陷入沉思。

"都什么年代啦，还重男轻女？你爷爷两个儿子，怎么不把你爷爷接过去享福！"我有点气愤

"呵呵，其实也没什么，习惯了，无所谓！爷爷是跟着叔叔过的，分好家的，爷爷不会跟我们的。再说爸妈即使想管爷爷，他们在东莞住着人家的宿舍，爷爷住哪里呢？想带也没法带！"女孩一脸无奈。

"呵呵，我们家事多呢，扯不清楚，我要赶紧毕业，叔叔不管爷爷，我接他跟我住。爷爷牙齿掉了，喜欢吃酥软的东西，我这次带了很多爷爷喜欢吃的桃酥，那是商店做活动我抢购的，比老家便宜很多，我还怕时间长了坏了，这次全都带回来了。我明年工作了，就没有时间回来看看爷爷了，到那时，我不在家，弟弟也不在家，爷爷怎么办啦？嗨，对啦，刚才还说要带爷爷跟我一起住的！"女孩一阵忧愁一阵高兴。

"奶奶呢？"我忍不住多问一句。

"奶奶早去世了，我只看过奶奶的照片，没见过活着的奶奶。"她言语平静，我知道她与奶奶没有感情基础。

说话间，她不断地看手表，不停地移眼自己的行李箱。"快啦，还有几分钟就到玉林了！"女孩的情绪像夏天的雨，说恨就来恨，说快活马上又快活起来！

"手机也能看时间，为什么还戴手表呢？如今很多人都不戴手表了。""哈哈，戴手表是打扮、看手表叫风度，女孩都爱美的！"女孩小，但并非什么都不懂。

玉林就要到了，我与她马上就要南北东西了，但我却好像有很多话要对她说。

"今天回北流吗？"

"不回，我明天回去，今天在玉林住一晚上。我要去看同学，我同学在玉林上重点高中。"

"一定是男同学吧！"我故意试探。

"呵呵！你怎么知道？叔叔！他成绩比我好，考上玉林重点高中啦。哎呀！也不全是，我玉林也有女同学的。"她脸颊绯红。

"我知道的，你们要互相鼓励，争取都考上大学。"我知道适可而止。

"对啦，你不回北流，我也不去北流了。"我故意开玩笑。

"我没说不回北流啊，我对北流熟得很，初中在北流读的。"女孩很真诚。

"行，行行行！你的家乡，我一定去！"

"对了，我现在可以告诉你我们北流市的故事了：北流市有一条著名的河流叫北流河，也叫圭江，是北流市的母亲河，还是古代南方水上丝绸之路哩——古代中原的货物要入南边的大海都要经过北流河。因为北流河不像其他河自北向南流或者自西向东流，而是奇怪地自南向北流，水北流而奇特，很早以前，我们老家就叫北流了！北流河很长、很宽，爷爷说北流河水曾清亮见底，打鱼的船夫、洗澡的男人、洗衣服的女子，一年四季围着北流河转，可惜现在水浑了，也很难见到渔船了。"

"我们那里还有一座山叫大容山，现在叫大容山森林公园，古代叫南方西岳，很有名的，很多人老远开车来避暑哩！"

"对啦，鬼门关，叔叔知道鬼门关吗？你这次一定要去看看！听初中老师说连大文豪苏东坡都到过我们北流哩！古时候商人贬谪南方，都要经北流过鬼门关后再南去。富裕的商人、养尊处优的大官都过不了鬼门关呢！哈哈，叔叔你能不能过鬼门关呀？"女孩大笑。

"呵呵，你还知道不少呀，在为你家乡做广告吧！"

"那是！"女孩高兴地继续说，"我们那里出了很多名人，还有出土的大铜鼓，是中国著名的瓷都……哎呀，玉林到了！真是的，只顾聊天耽误事。"

　　玉林是个大站，下车人多，旁边过道早塞满了人，此时离开座位几乎没有可能。她于是有点慌。

　　"没事，来得及，人都挤在一块了，其实也没几个人，等会我帮你拿箱子。"

　　"好啊，好啊！"她看似自若，神态、动作写满了急字。

　　很快，一个硕大的箱子便被一个娇小的女孩拖出车厢，走过站台，乘步道电梯下到地下通道，最后走到站前广场。

　　女孩步履迅疾，一出车厢便不再跟我说一句话，估计早沉浸在见男同学的激动中了。

　　只是女孩不知道我心中有事不由自主地紧紧跟在她的后面。

　　火车上的偶遇，一个多小时无关紧要的聊天后，我很希望她能要求我为她做点什么，譬如以后她有需求时介绍个简单工作什么的。

　　按道理，我跟她不该再有任何关联的，甚至跟她车上说的那些话都是不应该的。但是，此时此刻，当我们真的要天南海北时，我的心沉重起来，可怜之情在我心中一次次升起！

　　我赶紧几步，鼓起勇气、壮着胆子对她说："唉，小姑娘，我们能加个微信吗？"

　　"加微信？加微信干什么？没必要吧！"刚才还算友好的小女孩，惊愕、恐惧，加快脚步走远了！

　　我呆站在那里，脑袋一片空白！

大　碑

　　十几间房子彼此勾连围起一座大院，当地人叫它丁家大院，青砖白墙，太阳底下、山林之中，丁家大院与众多土坯房格格不入。

　　丁家院子背靠大山，树木森森颇有古意。西面是阔约一百米的高大墙面，中间嵌着雕花条石围成的进出大门，两头怪狮坐蹲两边。南北有稍低简易房子，像人的两只耳朵，一处为长工宿舍，一处为杂货间。大门前面是一片青砖铺就的场子，阔与房齐，似农村打谷晒场，却是丁家人活动的场所。场子前面有一口颇大椭圆形堰塘，塘水清澈鉴人，堰塘即是人饮水之源，也是浆洗清洁之地。背山面水，阴阳和谐，丁家大院气象不凡。

　　房子多，人一定不少。主人必豢养一帮日常开销不菲、来路各异的下人如放牛娃、丫鬟、伙夫、杂役，另加猪、牛、羊等牲畜。

丁家并没在当地添置更多田产，与外边接触极少，丁家底细少人知晓，只有半年一次的骡马大队把各种日常所需从县城驮回，院里男女进出装卸忙碌的日子，才是坐在山坡上遥看热闹的村民了解丁家大院的日子。

丁家大院虽然神秘，丁家老爷却是远近闻名，人们尊他为"丁大善人"！如此美誉将大院、大院主人地位高举，便没有人对丁家大院人、东西心存稍许的不友善。

众多杂役中，放牛娃算一个。放牛娃是对面山里的人，家里人多养不活，便送到丁家放牛。

放牛娃只管放牛，尽管已来丁家数年并是管着十来头牛的"老人"，却仍是不能进院只能住长工房的人，除了守株待兔般等到某一天，丁老爷看见牛膘肥体壮而突然高兴，就可能给放牛娃特别的奖赏如吃顿荤菜、加点赏赐什么的，其他日子就那么平淡地一天天过去。

每天早上，放牛娃按时起床，带好中餐——一个馒头、一碗米饭，手里操着长鞭子或者竹篙坐在一头压阵的大牯子背上，自觉威风地赶着牛群到远处树少草多的山上放牛。晚上太阳落山前把牛赶回来，拢着牲畜依次在门前堰塘不远处水沟边饮水，然后规规矩矩地将牛赶进牛圈。如果此时恰巧遇见院内伙计、丫头在堰塘里打水、洗菜什么的，依着尊卑说几句应分的话后，便端着自己简单的晚餐狼吞虎咽完毕，在长工房躺着一床破旧褥子睡过去。

做下人如此，放牛娃却没有半点怨言，虽然每天清汤寡水，但毕竟不饿肚子，能安逸睡觉，还能领到半年一次的半袋子米面的工钱，相比那些不知从哪里来、到哪里去的穿梭流民和变着法子缠着丁家循环讨米要饭的乞丐，放牛娃自觉命不赖甚至高人一等！是故每当乞讨人多的时候，他总会使出最大的精气神"啪啪啪"地甩响鞭子：为的是让流民、乞丐知道自己特别的存在。

清明节是丁家一年中重要的日子。这天丁老爷照例要与家人一同出门插清明，浩浩荡荡的，很早出去很晚回来。

按规矩，清明节这天，门前场子要打扫干净，放牛娃必须早早赶牛出门。为什么这样，不知道，反正丁老爷是这样规定的。

今年清明节，天照例下起毛毛雨，放牛娃赶着身子冒着热气的牛群出行，眼睛很快湿漉像被悲伤的泪水浸润。

一直揉着眼的放牛娃突然感觉牛脚步慢了，抬眼便见一个杵着竹篙的人远远摇晃而来，蓬乱的头发被细雨胡乱黏在一颗硕大的脑袋上。

这是个乞丐，但凡拿竹篙者十有八九是乞丐，放牛娃习以为常。

乞丐见到牛群并不相让，四处张望似要下手的小偷。

"叫花子你让开，让我们先过去！"没好气的放牛娃大声嚷着。

乞丐闻声站定，牛群也齐整停下。

"老叫花子，我跟你说话呢！你聋啦？要死不活的可怜相，我见得多了，没人可怜你，我家老爷今天出门了，水都没得你喝！你不让路，吓坏丁老爷的牛找不自在吗？"

"这是丁家大院？我说咋不一样。"乞丐嘀咕着，不让路竟还一屁股坐在路中间。

雨不知什么时候停了，天已放亮，太阳给云镶上了金边。

此情此景，放牛娃便有点急："饿不死的，嘀咕什么呢？懒得理你，我要放牛去了。现在是牛长膘的时候，我要好好喂牛，说不定今年有奖赏！丁老爷运气就是好，天放晴了哩！"

"啪啪啪"，放牛娃把牛鞭甩得脆响，是在警告牛，更是在威吓乞丐！

带头牯子抖抖耳朵依然不动，牛个个站着，摇头甩尾就是不动。乞丐不理不睬耷拉着脑袋似在睡觉。

"嗨！叫花子，你再不走开，牛踩死你！"

叫花子依然不动！

"晦气！"放牛娃从牯子背上溜下，"我知道你没吃没喝，来，把我的水给你喝点，再给你半个馒头！"因为怕被出门的丁老爷撞见，放牛娃心里一急，自个儿先软了下来。

老乞丐真不客气，没好脸地接过牛皮水袋并将半个馒头塞进嘴里，想着心事般慢慢地咀嚼起来。

"臭要饭的，饿死鬼，吃相真难看！"放牛娃一脸鄙夷。

"饿死我了，谢谢你啊！放牛娃子，多好的地方啊！丁大善人好啊！你可要好好放牛，做人做事不许取巧！"老乞丐扬起肮脏的手臂抹着嘴巴。

"你们这些臭叫花子还有脸说我，老爷每年要拿出十石米、两头猪、一头牛、十坛子腌菜做善事，你们却变着花样骗吃骗喝，以为我不知道？也只是骗骗丁老爷罢了，要我，哼！也没见你们为老爷做丁点好事！"放牛娃一脸不屑。

"那是，那是，惭愧得很！我今天跟你放牛去，算是正式为丁老爷做事，多亏遇到你这个放牛娃子！"

"谁要你感谢啊？我才不领你的情！今天插清明，好歹都不敢随便，你个臭要饭的想把晦气带进丁家吗？你还是赶紧走吧！走！走！"放牛娃极不耐烦！

"啪啪啪"，放牛娃鞭子在空中急甩，牛却还是不动。

"牯子！你还磨蹭什么？露水嫩草，上膘长劲！今年一定要胜过黑牯子，你忘了黑牯子去年把你耳朵都挑翻了！"放牛娃纳闷。

牯子却还是不走。

"一起走吧，我不会冒失的！再说，你不让我去，我就不让路！"老乞丐一副无赖样。

放牛娃心里虚了，虽厌恶却不敢再说什么。

老乞丐随即腾地起身，牛便跟着动起来，放牛娃心里恨恨，暗暗地诅咒了该死的乞丐好几遍！

上到山上，乞丐或坐地上咀嚼草茎，或仰面呼呼大睡，或哼唱快活小曲，任露水打湿露脚趾的破鞋，任荆棘扯去百衲衣的碎絮，快活得孩子似的！

"你该走了！不要让我的老爷见到你。再说老爷累了一天要休息，你也不要指望什么，要想喝稀饭，有种明天排队喝第一碗粥！"太阳落山的时候，放牛娃觉得必须赶走乞丐。

老乞丐并不搭理。

傍晚，当牛一个不少赶进牛棚的时候，便多了一个乞丐立在牛栏外张望！

"你怎么还不走啊？"放牛娃很生气但不敢大声呵斥。

"放牛娃子，让我跟你一块睡吧，我要等明天的第一碗粥，你告诉我的！"叫花子像是央求又像是命令。

放牛娃没有办法："无端带一乞丐，可别让老爷撞见！"故嘴里虽嘟嘟来气，最后还是硬着头皮由着老乞丐耍赖。

第二天大清早，老乞丐拄着竹棍、早早地站在丁家大院门口等着丁家大院清明节施舍的第一碗粥。晨光熹微，将老乞丐瘦长的身姿长长地印在地上像细腰的女子。

"还真占了第一名！要死不活的叫花子，饿昏了！吃饱了赶紧走，瘟神！"放牛娃如释重负。

往年清明时节，都阴晴不清的，今天却是难得的大晴天。

当太阳终于从东边大山冒出，金光斜洒在丁家大院的场子上，丁家大院施舍过往流民、乞丐的善举开始了。

不早不晚，大墙中间的门哐当一声打开：一大缸米粥抬了出来，一大盆腌菜端了上来，清明节的特别赏赐——

一桶牛杂碎也闪亮登场。流民与叫花子们立即沸腾起一阵急促的躁动。

替丁家操办施舍的下人早做好准备，时间一到，要饭的人一上来，一串熟练的动作，人便曲水流觞样顺序来去，于是吆喝声、咕噜声、擤鼻涕声响声一片，苦难的幸福，难得难见。

今天却奇怪，操办施舍的人早准备好了，排在第一个的老乞丐却一动不动。他一手挂着光滑的竹棍，一手托着破边的瓷碗，眯着眼像一座雕像竖立不动。

"快点！"掌勺的人命令。

老叫花子不动。

"老家伙，死人了，往前走啊！"后面饿昏的人急了。

老叫花子仍不动。

丁家大院有规矩，先来后到讲秩序，前面不走后面不上，于是后面人开始推搡老叫花子，没想他竟然纹丝不动。场子立马掀起一阵躁动，众多打狗棍便把地杵得山响。

嘈杂惊动了丁老爷，不喜张扬的他第一次出来看视排队要饭的流民与叫花子。

"老爷，那老乞丐怪怪的，好像非要我把粥送过去似的。"掌勺的下人很不耐烦。

"啊！有这等事？"丁老爷定睛老乞丐，老乞丐一副遇事不惊神态。

丁老爷便亲自上前接过碗来，亲自盛满了粥，撒上厚厚的腌菜，配好香喷喷的牛杂碎，双手端好递给老叫花子："先生您慢用。"

丁老爷好脾气，老乞丐却没有半个谢字，左右扒拉一通后，仍做原来雕塑样竖立。

后面的人便忍无可忍："赶走他！赶走他！不要惯他，要饭的还要管饱吗？想当丁家的先生？呸！呸！呸！"

丁老爷见状，便知眼前乞丐气象非同寻常，说一声"老先生进屋说话"。老叫花子立即松软，说声"谢了"，竟然毫无羞赧地跟着丁老爷进了院子，直把后面流民与叫花子们的眼珠子跌落地上抓瞎！

晚上回来，放牛娃老远见丁家大院门楣上挂着大红灯笼——丁家只有春节、娶媳妇、嫁姑娘、祝寿等大喜之日才有这般光景的。

"没听说丁家有什么大喜事啊？"放牛娃心里疑惑却是高兴的，按惯例今天的晚餐就能见荤，明天说不定能带上两个馒头出去放牛哩！

第二天，场子早收拾得干干净净，放牛娃被催着早早出门。晚上回来，放牛娃子便听说一个老乞丐要做老爷的座上宾了！

放牛娃奇怪，难道是他？不可能吧！但放牛娃心里马上滚过一阵子难受，他责怪自己昨天太胆小了些、对人家又刻薄了些！

放牛娃的疑惑被帮厨的阿香分解得玄乎：早上，那乞丐穿戴整齐完全一个斯文人，眼睛亮亮地带着丁老爷山前山后转了小半天，回来路上眼就突然瞎了，是丁老爷搀扶他回到大院的！丁老爷随即放出话来，从今以后，老乞丐不仅是自家人，上下要叫他二老爷，要像尊重老爷一样尊敬二老爷；又特别嘱咐下人收拾房子并派细心丫头伺候：二老爷要什么给什么，想吃什么就吃什么，总之不能有半点马虎与不恭敬。

"谁呀，真的是他？"放牛娃嚼着流油的腊肉问阿香。

"还有谁？就是早上喝第一碗粥的那个老乞丐呀！"阿香瞥了放牛娃一眼。

"啊！还真是他？"放牛娃百感交集，立即感觉有一样说不出名字的好事离自己越来越近了：自己的好运似乎要来了！

既然对二老爷上心，放牛娃便很快知道了二老爷的一鳞半爪，原来二老爷本是读书郎，无奈家道巨变，一家子人，一大份财产瞬间人亡财散，只留下他一人被强人追逼索命，闻丁大善人宽厚待人，便一路乞讨而来。

老乞丐当天被丁老爷请到厅堂，开门见山对老乞丐说："您吉祥，万事您直言！"

老乞丐也不谦让，清清嗓子正色曰："老爷要听真言？"

"但说无妨！"丁老爷抱拳。

"老爷可知阴阳先生说真话、点真脉要烂嘴瞎眼？"

"老人们都这么说。"丁老爷很惊讶。

"实话告诉老爷，我如今被仇人追杀，亡命已成丧家之犬，不来丁家也就算了，老天安排我与丁家见面，又见老爷宽厚仁慈，这一切似乎都在逼我必须为丁家开启未来、指定真脉！机缘乎？命运乎？"

"先生何出此言？"丁老爷纳闷。

"可是，我如果眼瞎了，谁管我后半生呢？"老乞丐语出惊人

走南闯北的丁老爷顿感蹊跷，难道遇到贵人了？只要换来我丁家万代千秋福祉、流芳百世英名，些许吃穿住行算得什么："先生言肺腑之言，行损己利人之行，事毕您就

是丁家二老爷！"丁老爷话语斩钉截铁。

"好！好啊！有您这句话，值了！"老乞丐便"如此如此、切记切记"讲得生龙活现，丁老爷听得频频颔首！

如此传奇，放牛娃虽然不明就里，但心里早已揣着莫大的欢喜：我是有功劳的，丁老爷和老叫花子一定心里明亮。得亏我给他水喝，给他馒头吃，还供他睡觉！唉！要是那天把整个馒头给他就好了，我饿一天算什么呢！说不定丁老爷一高兴，就让我住到大院里，能斯斯文文进出大门了！放牛娃越想越美！

自从丁家多了二老爷，好事便排着队来了。

二老爷为丁家选准了阴宅福地，真真地把竹篙插在那里，直言旁边不久便会长出竹笋，龙鳞样的新鲜竹笋！

丁老爷自然半信半疑，直到粗壮的竹笋听话样冒出，丁老爷称奇不已并立马派人从县城为二老爷选好一根龙头拐杖送上。

二老爷说丁家大少爷今年一定荣升，不久县城带回喜讯，大少爷补缺成功！

二老爷说丁老爷大小姐怀的是男孩，便有城里信使报喜："大小姐生儿子了，丁老爷喜添外甥。"

喜事连连！

然而，有人却不高兴了。丁老爷怎么没有一点动静呢？这么多喜事好像都跟我没关系似的？改善一下生活，出去加一个馒头总不为过吧！放牛娃嘀咕。

还有那个老叫花子，被丁家神一样供着，怎么就忘本呢？是我带你进的丁家大院，总要在老爷跟前说点我的好吧！更可恨的，这么长时间都不出来见我一回，心里根本没有我吗？放牛娃很伤心。

每天粗茶淡饭、每天睡长工房，从来没有不习惯；而今一切依旧，放牛娃却从来没有感到如此难受、难熬！

天刚蒙蒙亮，帮厨阿香提着两只褪毛鸡急急地敲门："丁老爷让我告诉你，又到母牛生小牛犊的时候啦，嘱咐你注意早出早归，别出什么事儿！"

"今天有客人啦，又杀鸡子？"放牛娃见到鸡子问阿香。

"没客人，一只鸡子掉茅厕淹死了，老爷见我们下人有鸡子吃了，心疼二老爷！便叫我杀了一只老母鸡，专门给二老爷炖鸡汤喝。"

"啊，阿香妹妹，能给我留点鸡汤喝不？"放牛娃是真馋。

"想得美！就一只死鸡子，院子里的下人过年样盼着！

你喝鸡汤！不怕滑肠子拉稀！"阿香不客气。

放牛娃连说"开玩笑呢"。放牛娃是不敢得罪阿香的，大院里只有阿香愿意跟他说几句话并通过阿香知道一些院子里的家常。

"啪啪啪"，牛鞭声一声接一声在天空回响。放牛娃早早地赶着牛回来了。

听到鞭声，正在场子晒太阳的二老爷就知道放牛娃回来了，他感觉好长时间没跟放牛娃说一句话了。然而仔细辨听牛鞭声响，二老爷却听出了怪味：放牛娃心里憋着怨气呢！

"他长胖了没有？"二老爷问身旁丫鬟。

"饭都吃不饱，别想胖了！"丫鬟告诉二老爷。

"可是他眼睛好好的，我却瞎了，他要笑话我的，我们进屋吧！"二老爷心慌。

"说什么呀，二老爷，您是丁家的老爷，他是下贱的放牛娃，八百辈子也不及您的，您躲他什么？都躲两年了！"丫鬟不以为然。

"可是，丫头，我想喝鸡汤了，你去给我盛一碗鸡汤来吧。"二老爷听了丫鬟的话平静下来。

当然的，放牛娃老远也看见了坐在场子中间光鲜的二老爷了。

"哼！神气啥？人们现在都喊你二老爷，可我心里一直视你为不如我的瞎子！"两年不见，放牛娃满肚子恨意！

"二老爷，您新鲜啊！您看您穿绸布衣服，拄龙头拐杖，头发梳得溜光，皮肤白白嫩嫩、腰杆直挺，您硬是丁家二老爷啊！"放牛娃知道自己有那么点资格跟二老爷调侃，也并不藏着掖着并带点渣滓。

"哎，哎！放牛娃子你放牛回来啦！你还好吗？"二老爷知道放牛娃话里有话，但他真心可怜放牛娃。

"我命贱啦！没您二老爷有福气，能放牛就是享大福！哎呀！怎么刺扎了我的拇指呢？嗨！这么小的刺，亏得我眼尖，硬是被我拔出来了。"放牛娃故意把"眼尖"二字说得高八度。

二老爷于是知道放牛娃不仅有怨气，而且恨着自己！但二老爷不想跟他置气，冲院子里喊道："丫头怎么还不来？"

"来啦，来啦！二老爷您慢用啊，刚出锅的鸡汤呢！放牛娃你可以走了，二老爷要喝鸡汤啦！你不知道自己一身臭味吗？"丫鬟一边把香喷喷的滚热鸡汤递给二老爷，一边嫌弃地看着放牛娃。

"又是鸡汤，我都喝腻了，没别的吗？"二老爷莫名发怒。

丫鬟一阵惶恐："二老爷您刚才说要喝鸡汤的呀，怎么突然就变了？"当然，丫鬟可以这样想却是不敢当面责备二老爷的，紧张得忘了端回鸡汤，直言有银耳在瓦罐煨着，赶紧离开了。

鸡汤香浓，放牛娃的口水流出来，他恨不能一把抢过来喝下。

"我喝腻了鸡汤，放牛娃子，这碗鸡汤给你喝吧！"二老爷知道放牛娃多么想喝鸡汤。

放在平时，放牛娃必须百感交集呀！可是今天从二老爷口中说出，刚流出的口水却被放牛娃强咽下去，喝鸡汤的满足被一丝可怕的笑意代替。

他走近叫花子，小声地说："喝鸡汤？唉！二老爷，鸡汤香吗？"

"瞧你说的，鸡汤怎么不香，好喝得很，赶紧喝，别让丫鬟看见了嘴长。"二老爷把鸡汤胡乱朝放牛娃送过去。

"唉！别呀，二老爷！我本来不想告诉你的，可是您跟我什么关系呀！"放牛娃故意压低声音。

"放牛娃你要说什么就直说！二老爷眼瞎，但心不瞎！"二老爷知道放牛娃要说些他不愿意听的话儿了。

"我说了，怕您不高兴，若丁老爷知道了指定饶不了我。"

"放牛娃，你要乱说，你就别说，我也不想听。你把鸡汤快点喝了，文火煨的，骨都化了。"

"我才不喝，打死我都不喝的！"

"你胡说啥！老母鸡汤，我可是一片好心！"

"您是好心，人家可不一定是好心啦，您眼瞎看不见！您知道……"

放牛娃本不敢如此胡说，事弄大了对自己没好处，可转念想到老叫花子两年不理自己，丁老爷不给自己丁点好处，便怨气直冒！哼！太埋汰自己了，反正平常也难得见到老叫花子，反正我横竖讨不到好，必须恶心他一回！

"那好吧，我告诉您，您可不要说是我说的！您知道我今天为什么早早地放牛回来吗？我心里有您哩！"放牛娃狡猾地说。

"你关心我？我是二老爷，反过来说还差不多！"二老爷笑话放牛娃。

"您还笑，二老爷，您眼瞎不知道真相呢！您是丁家大功臣，人家管您吃好、喝好、穿好、睡好，是因为您为丁家点到真脉，瞎了眼睛。可正因为您眼睛瞎了，您才受了这份侮辱！我才替您难受！"放牛娃开始添油加醋。

"我受什么侮辱，丁家上下对我好着呢！我满足了。你今天疯了？丁老爷管你吃饭穿衣，你却说这些大不敬的话！"老叫花子见不得别人背后说人坏话。

"您看您急的，鸡子味道很香吧？可您知道您吃的是茅厕里淹死的鸡子吗？不过呢，洗干净了，大料下足了，掉茅厕的鸡子也能吃。只是我看不过去，明眼人看了恶心！二老爷您如果不在意，算我没说！"放牛娃欲擒故纵。

"你胡说，丁老爷待你不薄，不是丁家收留你，你早饿死了！你怎么能这么诋毁丁老爷！"老家花子知道放牛娃在使坏。

"两码事，二老爷，我给丁老爷放牛好着呢，您吃的鸡子呢，也没事的，掉茅厕里的鸡子下人们都过年似的等着喝汤哩，我也吃过，味道不错，我只是把真相告诉您。"放牛娃步步为营。

二老爷开始脸色铁青，两手发抖，鸡汤洒落地上！

放牛娃的话对二老爷产生了巨大的杀伤力，信与不信都很难！"关键是我眼确实瞎了，丁老爷好酒好肉供着，或许是真心的，或许没那么真，时间一长，吃一只掉在茅缸里的死鸡子，为什么没有可能呢？可是，今天吃的是掉在茅厕里的死鸡子，以后会吃什么呢？如果哪天丁老爷不在了，或者丁老爷厌烦了自己，还不知有没有吃的！唉！我已成砧板上的肉，我自找苦吃呢！"二老爷越想越气，越气越胡思乱想！

看到老叫花子如此生气，放牛娃远比喝了母鸡汤还快活！

一个艳阳天的下午，二老爷吆喝要到外面晒太阳，丫鬟服侍二老爷太师椅上坐定。

"去请丁老爷来，就说我有话对他说。"二老爷对丫鬟说。

几天不见，脸色严肃的二老爷头发花白了些，夕阳将他拄着龙头拐棍的影子印得老长、老长，像个奇丑的怪物。

"二老爷，我这几天不舒服，咳嗽呢！没出来陪您！您过得还好吗？下人们还让您放心？"丁老爷来了。

"我好好的，好好的，有喜事呢！老爷！丁家昌盛万世，百福钟聚，挡都挡不住啊！"二老爷挤出笑容。

"哎呀，不都是托您二老爷的福啊，也恭喜二老爷啊！"丁老爷向二老爷拱手相谢。

"昨晚我做个梦，前山高处立了一尊高九尺，宽五尺，厚一尺的大碑，不要赑屃负重，径直栽在土里，此碑能镇四面八方邪气，庇护丁家繁荣昌盛！"

"那里不是龙头吗？"丁老爷诧异。

"是啊，龙生九子，习性各不相同。此龙生性顽劣，喜摇头摆尾恐令丁家福祚不稳，须巨石镇之！"二老爷一本正经。

"啊，这样啊，多谢二老爷指点。"丁老爷一来身体不舒服，二来因为万分信服二老爷，咳嗽几声继续说，"我这就派人去办！那么，碑上写什么呢？"

"不用写什么，有碑的模样，蛟龙便明白意思。"二老爷胸有成竹。

一个月后，十六名壮汉花了三天时间把无字大碑抬回来，二老爷专门斋戒三天，由丁老爷扶着到前山选定位置，便见大碑稳稳立在前山最高处，老远就能感觉大碑不同凡响的气势。

不久，丁老爷自感咳嗽加重，气喘难受，特别交代大院老少一切听二老爷差遣等等话后，便由四个下人慌慌张张抬到县城看病去了。

丁老爷一走，二老爷便是大院子的主人。可不，今天他就发号施令了："丫鬟，你把我没舍得丢掉的破衣服找出来给我穿上，趁太阳刚出、露水没干的时候，放牛娃你扶我到后山丁家阴宅宝地做件大事去。其他人都聚谷场等我回来。"

"我要放牛哩，十几头牛要吃草。"放牛娃不敢随便饿牛肚子。

"放牛娃子你敢不听话吗？"二老爷嘴上虽严厉，心里总有放牛娃子的位置，他放不下放牛娃子。

"我的打狗棍，那根竹篙还在吗？"放牛娃子扶着二老爷跌跌撞撞上得山来。

"在，谁敢取走丁老爷家福地的东西啊！"放牛娃一脸狐疑。

"竹笋都长出来了吗？"老叫花子问。

"就在竹篙旁边呢，长了好几茬了，正有一根刚从竹篙旁边长出来。"放牛娃说。

"这些都是龙爪，放牛娃子你见过龙爪子吗？笋箨就是龙爪蜕的皮哩！"二老爷说着放牛娃不懂的道理。

"你扶我过去，我要摸摸我的竹篙！啊！还是这么光滑！"老叫花子嘴里喃喃自语，手便顺着竹篙向下滑去，靠近地面。

　　二老爷顺势摸到了最矮、最嫩的那根竹笋，好久不动，早上的露水顺着二老爷的手慢慢流下，像人悲伤时流下的眼泪："我不负人，人何负我，丁老爷你为何负我呢？"二老爷突然悲怆起来！

　　放牛娃哪里见到过眼前的架势，就在放牛娃慢慢地似乎明白点什么的时候，二老爷突然发力扳断竹笋，脆笋汁液飞溅直达二老爷的双眼。二老爷双眼适时急急翻动，喊一声："亮！"二老爷黢黑的世界立即明亮！二老爷，不，老乞丐手舞足蹈起来："哈哈！我眼睛能看见东西了，我也能看见东西了！我再不用吃茅厕里的死鸡子了！你放牛娃再也不用嘲笑我眼瞎了！"

　　说罢，老乞丐疯子样拔起竹篙，在放牛娃、丁家大院所有人的惊愕中，一个白白胖胖的叫花子头也不回地离去，走远、消失，从前的二老爷没有了，从前的乞丐再次成了乞丐！

　　灾难降临，丁老爷进了县城就再没回来；丁家长子官司缠身，落得满门抄斩；从不遭匪的丁家大院，一个月黑风高的晚上遭蒙面人抢劫，所有细软一并牛、羊、狗、猪被悉数卷走。

热闹的丁家大院安静了，众人作鸟兽散，放牛娃不知所踪！

以上是家里老人讲的故事。大碑至今仍立在老家的地面。先前的时候，有人用炸药炸断了大碑，半截残碑杵在山头便被人摸得光亮。常有三五成群人徜徉、徘徊于丁家大院的废墟，乞丐、放牛娃、丁老爷以及丁家大院故事是他们永恒的话题。

金鱼缸与金鱼

今天是星期天，天正下着小雨，说好陪媳妇去逛街。

刚出门，远远看见单位俱乐部甚是热闹。女人都有好奇心，媳妇不由分说径直朝公汽站反方向的俱乐部走去。

这里正在举办一个露天瓷器展销活动。或许因为下雨天冷，这些自称来自中国瓷都景德镇的老板们，有的蜷缩身子在场地来回走动，察言观色略显稀拉的看客；有的三五成群躲在临时搭建的帐篷里聊天，凭感觉嗖地蹿出来，友好地看着你以备你随时随地的垂询；或不管你愿不愿听，打开话匣便滔滔不绝向你介绍一番。

瓷器是世界上最普通又最金贵的东西：普通到我们每天捧着瓷碗吃饭，金贵到一盏小碗能充当博物馆镇馆之宝。

各类瓷器琳琅满目，媳妇如进入宝库般兴奋。

我并不十分在意也无过分反感眼前的它们，东看看西瞄瞄，别人一看就是凑热闹的角色。

可是精明的商家这回错了，因为我突然两眼放光，死死地瞅上了一高脚青花圆脸齿轮边金鱼缸。

我并非师出无名般心血来潮，眼前的金鱼缸让我一下子回想到同事为我描画的现代生活。前些日子，依凭"论资排辈"，我终于分到了单位住房。乔迁之时，同事主意频出，大意是改革开放了，必须有新的生活理念，例如必须买一些字画以营造文化氛围；添置壁毯、各类造型、鸡毛鸭毛等纠缠的艺术品突出现代气息；摆放奇花异草、养金鱼宠物增加生活情调。

眼前金鱼缸比例协调、纹理流畅、出身尊贵。因为有同事的好意在先，眼前的它一下子让我很以为然：客厅摆放着图案鲜丽的鱼缸，里面养着几条活泛的金鱼，或下班回家驻足观鱼怡情，或更深人静听锦鱼戏水之声，岂不妙哉！

我于是很有点激动，忍不住上前摆弄鱼缸像摩挲自家爱不释手的文玩。

"看看就算了，看看就算了，别把东西摔了！"主人站在帐篷外着急地朝我喊。

"有眼无珠哩！"我懒得理会老板，我急迫地找媳妇。

媳妇正在不远处出神于餐具的精美。

"哎！过来！"我朝媳妇一声吼。

"怎么了？我听得见！"媳妇不是很情愿。

"叫你过来你就过来！你看这鱼缸，我们养金鱼怎么样？"

"养金鱼？"媳妇抚摸着金鱼缸。

"老板，这鱼缸多少钱？"不等媳妇发话，我急不可待了。

"六百块！"听到我的喊声，老板像无意间中了头彩，带着歉意忙不迭地跑过来。

"什么破鱼缸也值六百块！人都养不活，还养金鱼？"媳妇望着他处开口一顿数落，表面像是在说我，却更像是对老板的反击。

果然，没等我搭腔，老板不高兴了："姑娘！您这话说的！破鱼缸咧？这是中国瓷都景德镇的瓷器！就这，放在以前，千儿八百一个子儿不能少！现在企业要走出去，要广开财路，您才有机会看到它呢！"

"哎！哎！老板您别急呀！能便宜一点吗？"我已经爱上金鱼缸了，我生怕媳妇把生意搅黄了，不顾媳妇情绪倒安慰起老板来了。

老板是明白人，他猜中了我的心思："一看小伙就是文化人！养鱼，雅兴，时兴，既然我们有缘，五百块，您把东西搬走！"

"不行，最多两百块！卖，给您钱；不卖，我们走人！"媳妇摆出一副六亲不认的样子。

我感觉媳妇有点不讲道理，人家喊六百块，你只给二百块，这不是胡闹吗？我不满地望着媳妇，恨不得把心里的不快直接说出来。

媳妇声音响亮，干脆！老板终于知道了我身边女人的分量！于是马上回头对媳妇说："哎呀！姑娘！您也舍得砍价呀，我们这些东西都是雇车老远运来的。它们是瓷器，不是棉花，沉重！易碎！运费高，损耗大，赚不到几个钱的！"他停顿了一下继续说："当然，如今企业不景气，工艺落后、产品滞销，职工收入低，没本事的人窝在厂里嗷嗷叫唤，有点本事的人都离职要么单干，要么给私人老板打工拿高工资去了！我们这帮离退休老工人看在眼里急在心中，这才自告奋勇全国各地赶场子或者摆地摊干起昔日卖货郎走街串巷的事业，算是多少给厂子帮点忙吧！"

老板声情并茂打起悲情牌。我当然知道老板在说什么，但媳妇是菜市场砍价老手，掏钱必定砍价！为着不至于玩完，我想帮助老板但又不敢太驳媳妇的面子，只好两边讨好地和起稀泥。"我说老板，我们单位也在搞优化重组，减员增效，竞争上岗，科技创新，大锅饭没得吃是好事！您说是吧！不过，话说回来，您风餐露宿的确不容易，但您知道我们是想买的，不然，我们不会费力跟您砍价！"

"哎，真是难办！那，姑娘，您就给个成本价三百块，好不好？"老先生看似严肃却一副可怜兮兮的样子。

"加五十块，两百五十块，您如果还不卖，我们真的走了！"媳妇仍然一副"有钱就是爷"的刚烈。

"嗨！你媳妇儿真是生意好手，不下海做生意亏大啦！"老板知道我不是买卖成功的障碍，一个劲地讨好媳妇，"两百五十多难听，您就给两百六十块，行了吧！"

"不行，两百四十九块！"媳妇毫不让步。

"姑娘不简单！这缸我卖啦！我虽然不会做生意，但我知道企业不能垮！"

老板最终生硬地被媳妇给击垮了。

"您看这……您如果觉得亏本了，就算了！其实，您也不用过度担心，改革开放，是为了大家过好日子，企业垮不了，国家也一定会越来越好。"我实在有点可怜眼前的老板了，好像我正卖着金鱼缸。

"不谈亏不亏，卖不出去，一分钱不值！与其长痛不如短痛，您媳妇没错，换我也会砍价，市场规律吗！更何况我见你们真是喜欢这缸，会玩的人，才会工作，生活才有意义。"没想到老板比我会聊天多啦。

在我的坚持下，我们给了老板两百五十一块后，拉着媳妇风风火火把缠得严实的鱼缸扛回了家。

鱼缸放下，我喘着粗气嗔怪道："你瞧你，杀价可风光呢，不见别人怪可怜的，人家是义务劳动，为企业、为国家，有点公德心好吧！"

"你搞清楚啊，你情我愿的，几百块，你不心疼我心疼！"媳妇仍然强势，"别说，这鱼缸不赖，我也喜欢上了，其实刚才，只是老板再坚持一会儿，该我可怜兮兮多掏腰包了。"

"你这是冷血！"

"这叫公平买卖！你们男人，个个傻大个，你不知道家里的钱都是我一分分节约出来的！"

"你行，砍价堪比抢钱，可怜别人刚才还表扬你了不得呢！"

媳妇此时是高兴的，得名得利谁不高兴呢！我当然也是高兴的，美梦成真谁不高兴呢！更何况自忖小时候捞鱼摸虾老手，就要成为新时代养鱼新手了！

"我们走吧，今天好生陪你逛街，谁叫你是'趁火打劫'鱼缸的功臣呢！"

"我'趁火打劫'？呵呵，我还要'趁热打铁'呢！不逛街了，逛什么街！买了鱼缸就得买金鱼，我们到花鸟市场买金鱼去！"

女人是感性动物，对了心事，什么事都是事也都不是事。

花鸟市场在一条长弄巷里，上面罩着弧形彩色玻璃钢瓦，斑驳的太阳照进来与长弄里真花假花、笼卖小鸟、女人头饰等彩色工艺品相遇，尽是明快、跳跃的五颜六色。

这里原来是菜市场，如今国家鼓励下海做生意，这地方便成了卖日用品、花鸟、金鱼的远近闻名专业市场了。媳妇是坐地户，她的话当然权威。

"哎，跟你说哈，卖金鱼的就在前面，等会过去别吭气，看我杀价，学着点！"

"我看你不要当医生啦，依着别人的意见下海做生意最好，说不定用不了多久我们就是万元户了。"

"你别说，小心我停薪留职或者全职走人，现在新东西多呢，只要你愿意，什么奇迹都可能发生。"媳妇像个孩子欢快地冲到前面去了。

　　我觉得砍价特没意思！我真不想跟她一起，于是我故意放慢脚步远远地落在后面，直到媳妇在那里招手。

　　"你看，大的小的、纯的杂的，各式各样、花红柳绿，狮子头、一点红、珍珠、水泡、墨龙，要什么有什么，你挑鱼我付钱。"媳妇对我说。

　　"我养鱼、玩鱼久了，你们若喜欢玩鱼，那我们今后就是朋友。"一看卖鱼老板就是生意人，"你们第一次玩鱼，今天我高兴，我免费送几条鱼给你们，随便挑，不要钱的！"

　　"丹顶红两条，水泡两条，珍珠两条，都要红的、个大的。"我记住了媳妇给我的科普像个老手出口成章。很快，金鱼老板就用袋子装好六条金鱼，外加两袋鱼饲料。说不要钱媳妇硬塞给了鱼老板三块钱。

　　"六条大金鱼，二袋鱼饲料，三块钱？你给人家吃迷魂药了？"走了老远我才敢问媳妇。

　　"愿打愿挨！你可真是呆子，你以为金鱼老板是傻子，他是放长线钓大鱼呢！"

　　"放长线钓大鱼，谁是大鱼啊？"我听不懂了。

　　"听不懂就不要懂，我告诉你呀，金鱼缸买了，金鱼也买了，你可要好生养！"

"笑话，好生养，我光屁股就开始捉鱼了，我对鱼熟悉着呢！"

"这是娇生惯养的金鱼，不是河沟里的野鱼！老不老手的，看结果！"

就这样，我的客厅多了一尊金鱼缸，金鱼缸里养了六条鲜红的大金鱼。

不是瞎说，鱼缸摆正，金鱼进屋，霎时我便感觉原来古板、少生气的屋子充满了特别的吉祥、喜庆、活力！高兴之余，我自责自己以前何以愚笨如此、何以对新生事物愚钝如此！改革开放呢！没眼力见儿是很危险的事情哩！

家里有了灵动的生气，我便多了上班前、下班后鱼缸旁站一站、看一看的必修功课：它给了我一天的好心情；我照我心中自定的规矩保质、保量、按时给六个"天使"喂食、加水、换水。因为给金鱼安排下了美好生活，我感觉比自己活着更美好。

按照儿时的印象，我又特意从户外带回我记忆中河沟里的水草放进鱼缸。于是，方寸之间，洁白瓷缸、红红鱼儿、清幽水草共同织就了清雅、欢快的诗情画意，我自觉已经在享受同事心目中规划的高雅而恬静的生活了。

时间稍长，便有新发现。金鱼似乎特别怕响声，强烈的声响会让鱼儿惊跳起来甚至跌落地上，那种忧心，我甚至担心鱼儿会像人一样得心脏病；平常的响动，鱼儿亦似乎会竖起耳朵，张皇地浮着现出它们内心的恐惧。某次的更深人静，我自然还没睡着，就听到一阵哧溜溜的金鱼追逐或者嬉戏的声音脆响，接着就听"啪"的一声像什么东西摔在了地面。我感觉不妙，惊起查看，便见一条金鱼张着嘴在地上残喘不已！哈哈，得意忘形的家伙！我把它捉进鱼缸，小家伙哧溜溜地在水缸里游了好几圈才停下来。

然而，我在得到片刻满足的时候，心里却结下了不安的种子：这还了得，要出鱼命的！自此每天晚上我很长时间睁着眼、张着耳像是专门等待金鱼跳鱼缸的壮举。如果不是媳妇说少放点水就能解决问题，我不知道我是否会因此而闹出失眠病来！

美哉！金鱼们用鲜艳的颜色，灵动的身姿，和谐的氛围给我的生活以花样点缀、鸟样啾啁、水样温柔的美好。我们礼尚往来给了金鱼美丽华堂、充足食物、纯净清水、保全安全的幸福生活。我们愉快，金鱼满足。金鱼与我们，我们与金鱼，相互成就，共享美好！

世间美好总是短暂，人类世界数千年向往和谐却艰难！

悲剧发生在某一天，毫无征兆！

早上起来，当我以惯常欢喜的目光扫向金鱼缸的时候，发现鱼缸里突然没有了往日欢快的水响、动感的红移。一条倒翻的金鱼更是给了我狠狠的击打，它曾经活蹦乱跳，此时却早没有鲜艳的红色，只留给我灰色的死寂浮在水面！

这是怎么啦？一条水泡死了，其他五条同样曾经鲜活的金鱼，似乎也没有了他日的活力，个个似生病站立不稳的人！

"天啦，不是好好的吗？"媳妇立即泪如泉涌，"我不是叫你好好养的吗！"

"我用心了啊！养活它们胜过了养自己呀！"

悲剧并不因为我们的痛苦而停下脚步。尽管我们疑惑，尽管我们担心，几天后，又有四条鱼先后死了。

我做错什么了吗？生命何以如此脆弱？

难怪前几天遇到金鱼老板特意问我鱼养得怎么样，要不要金鱼食什么的！他迟不问、早不问，其实他早知道我们养不好金鱼的！他算准了金鱼死亡的时间，关心我其实是为了提醒我到他那里买下一批活泛的金鱼！他哪里是卖鱼呢，他是"刽子手"呀！可是，不承想我也毫不知情地做了"刽子手"！媳妇不再责怪我，倒开始责怪自己。

最后一条鱼也挨不过今天了，它已没有力气游动，像是将死之人没有了说话的力气。它嘴巴翕动表明它还活着，然身子早无昔日的光泽。更奇怪的，它的身子不知何故竟然莫名附了一层飘忽的乳色膜衣，鱼嘴张合，膜衣随势摆动。这是金鱼死前的惨烈吗？

当天下午，这条鱼也死了！

媳妇又哭了好几次，不哭的时候便念念叨叨不停，话里话外又开始指认我是"谋财害命的凶手"！

我能说什么呢？我只是想：人之将死，状虽惨烈，其言也善；但缸中鱼儿不会说话，假如它们也能像人一样将痛苦、不幸说出来，也许我会忏悔、会悔改、会更好地照顾它们，至少我的心会好受些吧！然而，不容置喙的是，我径直把它们杀了，一个不留，尽管我不知就里、心存善良。

望着曾经红影摇曳而今空空如也的鱼缸，我跟媳妇像仇人似的几天互不言语！

"我都照你所言做的，何以有这样的结果？不行，我还要养，明天我再买几条回来！"我终于打破僵局对媳妇说。

"还是算了吧，何必自找痛苦，给鱼痛苦呢！养得好当然好，养得不好——你不是养鱼行家，注定养不好的，活活的说死就死了，它们也是一条命！"媳妇规劝我。

是的呀，也是一条命！既然媳妇定义我在"无故害命"，我也实在没有养金鱼的专长，只好痛苦地斩断了养金鱼的念想。

没有了金鱼，那个美丽的、高脚青花圆脸齿轮边金鱼缸被我移到墙角。它曾经显眼，如今不再显眼、鲜艳，不久更被媳妇顺手塞满了他物。

某一年，那尊曾寄托我美好心愿、曾给我美好享受，而又曾给我莫名痛苦的金鱼缸竟被姑娘不小心给绊倒而摔碎了。

后记

2023年8月，知识产权出版社出版了我的散文集《三秋印象》。这本书主要收录了我年轻时对世界的一些认知——自我感觉它们都有拨云见日的功效，实则可能陷于尴尬：既然多为常识性认知，必然落入窠臼而无味；或者认知有限而贻笑大方。但是，我最终没有自暴自弃，就像人们对待自己的孩子，即使长得不太俊美，那也是掌上明珠！是故最终还是逼着它们抛头露面了。

接下来的时日，因为手头仍有一些"陈酿"，加上近一年忙碌后自觉味道尚可的"新醅"，几十篇文章挤在一起后，我的心便又躁动起来，便再次硬着头皮"牵着媳妇来见公婆"。这就是《三秋随想》的前世今生。

所学既非文科，又无名家指点机会，只是因为某个原因，提起笔、放下笔、再提起笔的反复，我竟成了一个脸不变色心不跳的"文人"。更厉害处，我所宝贝的东西即便可能结构混乱全无章法、言语贫乏味同嚼蜡、意境平面毫无深度，我却顽固地告诫自己：如此最好！

当然，话虽这样说，所有文章，固结了我对人生认识的痕迹，奢望以最简单的曲调唱出最悠扬的歌声，启蒙人、教育人、影响人。

《三秋随想》共有文章近四十篇，它们有的年纪很大，有的刚诞生几个月。很不好意思，作为文章，我也不知道它们究竟归属什么体例，可能起初以散文的派头轻松开头，可不多久却又变成了穷理的老学究；或者本想正襟危坐地讲讲自以为是的道理，突然又轻松扯起茶余饭后的家常；文字优美、寓意深刻是作者追求的极致，我也想做一个会写文章的人，但您看到的却可能是徒有威风凛凛国子先生模样实则菜鸟的新作。我不知道怎么写小说，又常觉得有些东西在脑海里上下窜动，于是生怯怯地杜撰了几篇自以为是的小说蹒跚着呈现在读者面前。

我知道，文章千古事，即使以命搏之亦不过是"顶着磨盘唱戏"。呜呼！吾将何归？

作为曾工作于铁路近四十年的老铁路，中国铁道出版社有限公司能出版拙作《三秋随想》，我感到非常荣幸！在此，我特别感谢中国铁道出版社王晓罡主任、王新苗副秘书长及相关编辑对我和作品的关心与关爱。谢谢你们！

同时，《三秋随想》能顺利出版，我还要感谢武汉锐进铁路科技股份有限公司张鑫董事长的鼓励与大力支持。作为一家致力于中国铁路勘测事业的科技公司，武汉锐进公司事业兴旺发达，其掌舵人还十分关心科教、文化事业发展，实属难能可贵！

周云

2024 年 12 月